Diogenes Taschenbuch 21414

de
te
be

Robert Bloch

Nacht im Kopf

Roman

Aus dem Amerikanischen
von Monika Elwenspoek

Diogenes

Titel der Originalausgabe:
›Night-world‹

Eine erste deutsche Übersetzung erschien 1975
unter dem Titel ›Wahnsinn mit Methode‹
Umschlagzeichnung von Heinz Ita

Neuübersetzung

80/86/36/1
ISBN 3 257 21414 6

Dieses Buch ist Zander gewidmet,
der es vermutlich niemals lesen wird.

1

Im Westen erstarb die Sonne und ihr Blut färbte den Himmel.

»Ich hätte das Zeug zum Dichter gehabt«, dachte er. »Zum Schriftsteller.« Aber das wäre eine Verschwendung seines Talents gewesen, eine große Verschwendung. Schriftsteller sind kurzlebig – wie das Papier, auf dem ihre Worte stehen und wie das Erinnerungsvermögen ihrer Leser. Papier ist spröde und zerfällt rasch zu Staub, und die Erinnerungen werden von den Würmern gefressen.

»Und wer frißt die Würmer?«

Die Zeit. Die Zeit ist der Feind. Die Zeit frißt die Würmer, das Papier, die Sonne. Und die Zeit fraß auch ihn, ganz allmählich, Stück für Stück, Tag für Tag.

Die Zeit nagte an ihm nachts, hier in diesem erbärmlichen kleinen Zimmer. Sie nannten es Zimmer, aber in Wirklichkeit war es natürlich eine Zelle. Eine Zelle mit Maschendraht vor den Fenstern, durch die ein sterbender Mann die sterbende Sonne beobachten konnte.

Sie wollten ihm weismachen, er sei zu seinem eigenen Besten hier und die verschlossene Tür sei zum Schutz vor den anderen Patienten. Aber gegen die Zeit konnte sie ihn nicht schützen. Sie nagte Nacht für Nacht an ihm, so daß er nicht schlafen konnte. Und sie konnte ihn nicht vor seinen Beschützern schützen. Die hatten einen Schlüssel.

Zu jeder Tages- und Nachtstunde konnten sie ihn holen kommen – das holen kommen, was von ihm übrig war, nachdem die Zeit ihr Mahl beendet hatte. Ihm sein Blut aussaugen. Für Tests, wie sie behaupteten. Glaubten sie wirklich, daß er ihnen das abnahm? Er durchschaute sie, diese Kreaturen, die ihre eigene Existenz mit seinem Lebenssaft nährten. Ihre Capes hatten sie gegen weiße Kittel ausgetauscht, und ihre Nahrung sogen sie mit Nadeln statt mit spitzen Zähnen auf. Aber sie waren Vampire.

Schlimmer als Vampire. Denn sie ernährten sich auch von seinem Gehirn. EKT. Elektro-Konvulsions-Therapie. Der wissenschaftliche Terminus für Elektroschockbehandlung, eine höfliche Verbrämung dafür, daß sie einen festschnallten und einem Elektrizität durchs Hirn jagten, um einem den Verstand wegzufressen. Seinen Körper hatten sie in eine Zelle gesperrt, sein Blut in Teströhrchen gefüllt – und nun wollten sie ihm sein Gehirn nehmen, um es in eine Maschine zu stecken.

Aber sie hatten versagt. Noch erinnerte er sich an die Vergangenheit. Und noch konnte er für die Zukunft planen. Nacht für Nacht lag er schlaflos hier in seinem Zimmer, plante.

Absolut perfekt war sein Plan, die reine Poesie, doch er würde nichts aufschreiben. ›Gebrauchsanweisung für Blinde – bitte sorgfältig lesen.‹ Sie durften seinen Plan nicht sehen, durften keinen Verdacht schöpfen. Er hatte ihn an einem geheimen Ort versteckt. Der dunkelste Ort auf der Welt ist das Innere des menschlichen Schädels.

In deinem Schädel ist alles sicher aufgehoben. Denn eine Maske namens Gesicht steht als Schutzschild davor, und dies Gesicht reagiert so, wie man es von ihm erwartet. Es lächelt bei Witzen, wird ernst bei unangenehmen Dingen, nimmt vor Autorität einen angemessen respektvollen Ausdruck an. Und dies Gesicht hat einen Mund, der das sagt, was der Doktor hören möchte. Er verliert nicht die kleinste Silbe über den Plan. »Ja, Doktor, ich glaube, es geht mir schon viel besser. Langsam fühle ich mich wieder wie früher.«

Keiner möchte hören, wie es wirklich ist. Sie wollen, daß man es ihnen so sagt, wie sie es gerne hätten. Ein Musterpatient: ruhig, kooperativ, mit allen Anzeichen deutlicher Besserung. Der Mund weiß, wie er das sagen muß.

Durch dieses Verhalten wird der Plan unterstützt. Arzt weiß nichts, Schwester vermutet nichts, Pfleger hat keine Ahnung. Solange das Gesicht ruhig bleibt und der Mund die richtigen Wörter sagt, erkennt niemand die Wahrheit. Daß der Mund nur Teil einer Maske ist und daß hinter der Maske der Schädel ist, und in dem Schädel ...

In dem Schädel ist alles. Kipp ihn um – schütte den Inhalt aus, wie man einen Seesack oder die Handtasche einer Frau ausschüttet. Was findet man da? Für jeden etwas.

Mystizismus: Mein Horoskop sagt, ich soll nicht an Astrologie glauben.

Naturwissenschaft: Ornithologie ist etwas für Vögel.

Literatur: Pornographie schafft merkwürdige Bettgenossen.

Philosophie: Taten sagen mehr als Unflätigkeiten.

Er wußte, was der Doktor dazu sagen würde. Er hatte es so oft gesagt bei ihren Sitzungen. »Sie benutzen Wörter als Schild. Vernebelung ist ein Abwehrmechanismus. Sie reden, damit Sie nichts sagen müssen.«

Was erwartete er denn?

Angenommen, er würde dem Doktor erzählen, daß er über Jimmy Savo nachgedacht hatte. Wahrscheinlich konnte er sich nicht mal an den Namen erinnern.

Jimmy Savo. Ein längst vergessener Komiker. Kleiner Mann, seine Pantomimen erinnerten Kritiker immer an Chaplin. Zum Beispiel die in dem Film, den das Fernsehen mal im Nachtprogramm gezeigt hatte. Jimmy Savo mit seiner berühmten Nummer zu dem alten Song: »Liebling, reich mir ein Schnittchen.«

Das müßte man dem Doktor erst erklären und dann noch, warum einen dieser Jimmy Savo an die berühmten Massenmörder der Geschichte erinnerte.

Sie *sind* berühmt, ganz klar. Selbst Leute, die keine Ahnung haben, wer vor fünfzig Jahren in Frankreich Präsident war, kennen vermutlich den Namen Landru. Wer weiß noch, daß Gilles de Rais auf der Seite von Jeanne d'Arc kämpfte? Aber kann man vergessen, daß er Blaubart war? Über die Identität des Schlächters von Cleveland zerbricht man sich noch immer die Köpfe. Und es ist gar nicht so lange her, daß die Vermutung, Jack the Ripper sei ein Angehöriger des britischen Adels gewesen, durch alle Zeitungen ging.

Natürlich war er das. In einer Welt voller Opfer sind die Mörder die wahren Aristokraten. So viel kann man immerhin aus der Geschichte lernen: der echte Held befaßt sich mit dem Tod. König der Tiere ist der Löwe, nicht das Lamm. Und für dich sang Jimmy Savo einen anderen Text: »Ripper, laß mir mein Flittchen.«

Aber das kann man dem Doktor nicht sagen. Nicht ihm, dem hingebungsvollen Heiler, dem selbsternannten Menschenfreund.

Natürlich, jeder von uns ist ein Menschenfreund. Aber was die meisten vergessen: jeder tötet das, was er liebt. Der Feigling mit einer Bombe, aus siebentausend Meter Höhe abgeworfen – der Tapfere mit einem Messer aus siebzig Zentimeter Entfernung von seinem Opfer.

Und jetzt hören Sie mal zu, Doktor. Und auch ihr, Kaiser, Könige, Präsidenten, Admirale, Generäle und Oberbefehlshaber, hört die unausgesprochenen Worte:

»Ich werde nicht töten, weil ihr mir befehlt, zu töten, weil ihr mir eine Uniform, eine Waffe und einen Befehl gebt. Das ist Betrug.

Ich werde nicht wegen etwas töten, was zwischen mir und meiner Mutter, meinem Vater, meiner Schwester, meinem Bruder oder meiner Frau geschah. Das ist Freud, und er ist auch Betrug.

Ich werde töten, weil ich ein tapferer Mann bin. Und der Tapfere bleibt seinem Wesen treu.

Es liegt im Wesen des Menschen, frei zu sein, sich gegen Einkerkerung zu wehren, wie gegen Heuchelei und Ungerechtigkeit. Ich werde im Namen aller Menschen töten – all jener, die heuchlerisch und ungerechtfertigt eingesperrt sind in Irrenhäusern, Gefängnissen, Hospitälern, Altersheimen. Ich werde im Namen derer töten, die für ihren Mut bestraft wurden, der Gesellschaft offen die Stirn zu bieten. Im Namen derer, denen das Zeichen der Ausgestoßenen und Untauglichen eingebrannt wurde. Im Namen des Waisenkinds, das in ein Erziehungsheim gesperrt wurde, und im Namen der Millionen, die vernachlässigt und vergessen in Anstalten sterben, nur weil sie das Verbrechen begangen haben, alt zu werden.

Ich glaube an die Prinzipien der Demokratie. Ein Mann, eine Stimme. Und meine Stimme ist die des Protests – eine Stimme, die gehört werden und an die man sich erinnern wird. Massenmörder bleiben unvergessen.

Große Worte? Aber ich habe doch gar nichts gesagt, zu niemandem. Sogar diejenigen, die mir bei meinem Plan helfen werden, haben nicht die leiseste Ahnung von meinen Absichten oder von der genauen Rolle, die sie bei der Vollstreckung spielen werden.«

Vollstreckung, ja, das ist das richtige Wort ...

Das war das richtige Wort.

Und jetzt, mit dem Einbruch der Dunkelheit, würde es zur Tat werden.

Er starrte auf die sterbende Sonne und dachte daran, was bald noch alles sterben würde.

Sehr bald.

2

Nach dem Mittagessen ging Karen ins Büro zurück.

Sie blinzelte sich ihren Weg durch die smogverhangenen Straßen, ohne sich der Beeinträchtigung recht bewußt zu sein. Die Innenstadt von Los Angeles lag immer im Smog, oder fast immer. Gab es einmal einen klaren Tag, war man versucht, seinen Augenarzt aufzusuchen.

Karens Büro lag in dem vielgeschossigen Gebäude einer Spar- und Darlehnskasse. Tausende solch neuer Hochhäuser schienen in den letzten paar Jahren überall in der Stadt aus dem Boden zu schießen. Beim nächsten Erdbeben würden sie alle in sich zusammensacken.

Karen akzeptierte diese Möglichkeit, wie sie den Smog akzeptierte; es war nicht ihre Sorge. Und es war auch nicht ihr Büro, in das sie ging. Am Eingang zu den Räumlichkeiten im zehnten Stock stand Sutherland Werbeagentur AG.

Sie öffnete die Tür und ging durch den Empfang, dabei nickte sie Peggy in ihrem Glaskasten zu. Wie solche Empfangsdamen meist, war Peggy nach ihrem Ausstellungswert als hübsches Dummchen ausgewählt worden. Goldfasan hinter Glas.

Peggy bedachte sie mit dem Willkommenslächeln für Angestellte (zweiter Klasse) und drückte auf den Summer, der die unbeschilderte Tür rechts hinten entriegelte. Karen drehte den Knauf und trat in den dahinterliegenden Gang.

Damit war sie in einer anderen Welt. Suther Land nannte sie es in ihrer Privatgeographie. Der lange Korridor, den sie nun entlangging, war wie eine Fernstraße in einem fremdartigen und geheimen Königreich.

Hinter einer breiten, eichengetäfelten Doppeltür befand sich der Thronsaal des Herrschers, Carter Sutherland III. Eine der Merkwürdigkeiten war, daß in diesem Raum kein Schreibtisch stand: Im Reich des Geschäftslebens gilt ein Büro ohne solch ein erniedrigendes Gerät der Plackerei als Kennzeichen der Überlegenheit. Alles, was ein moderner Herrscher braucht, ist ein geschmack- und prunkvoller Hintergrund für seine Bar, seine Gegensprechanlage und sein Diktiergerät. Ein Diktator – ja, das war Sutherlands wahre Funktion. Natürlich verbringen Herrscher nur selten ihre Zeit im Thronsaal, und es war ein offenes Geheimnis, daß das größte Büro der Sutherland Werbeagentur gewöhnlich unbesetzt war. Karen hatte den Mann in den vier Jahren, die sie hier arbeitete, nur zweimal zu Gesicht bekommen – und seit er vor sechs Monaten auf seiner Yacht einen Schlaganfall erlitten hatte, gar nicht mehr. Seitdem war der Umsatz um zwanzig Prozent gestiegen, aber das konnte auch purer Zufall sein.

Karen ging weiter den Flur entlang, vorbei an den eichengetäfelten Einfachtüren des zweitgrößten Bürotyps. Davon gab es fünf für die fünf Anzeigenakquisiteure. Sie hatten zwar Schreibtische, aber mit Rücksicht auf den Status ihrer Besitzer waren die Tischflächen leer bis auf das Telefon. Der Papierkram türmte sich auf den kleineren Tischen der Sekretärinnen. Und wie ihr Vorgesetzter waren auch die Anzeigenakquisiteure selten in ihren Büros anzutreffen, obwohl ihre Sekretärinnen sie immer erreichen und auch Anrufe ihrer Ehefrauen abfangen konnten.

Noch weiter den Korridor hinunter lagen die Arbeitsräume des Art Director, des Media Director und des Cheftexters, Karens Vorgesetzten. Diese Büros – verbunden durch einen gemeinsamen Konferenzraum – waren kleiner, wurden aber ganz unverkennbar benutzt. Ständig öffneten und schlossen sich die verschiedenen Türen, wenn Drucker, Graphiker, Vertreter und Boten kamen und gingen und Mitteilungen hin und her getragen wurden. Die Besprechungen – und das Gefluche – schwappten manchmal bis auf den Gang hinaus, aber Karen war daran gewöhnt, dem Wirrwarr auszuweichen, der ihr Weitergehen zu stoppen drohte.

Jetzt bog sie um die Ecke in einen winkligen Gang und lief an einer Reihe türloser Boxen entlang – zellenartige Zimmerchen mit nur einem Fenster, kaum groß genug für einen Aktenschrank, zwei Stühle und einen kleinen Schreibtisch oder das Zeichenbrett des jeweiligen Inhabers. Wahrhaftig nicht sehr eindrucksvoll, aber von Zeichnern und Textern wurde ja auch nicht erwartet, daß sie jemanden beeindruckten; sie taten einfach ihre kreative Arbeit, die die Agentur im Geschäft hielt.

Am äußersten Ende dieses Ganges trat Karen schließlich in ihr eigenes Kabäuschen. Sie legte ihre Tasche in die Schreibtischschublade, schob das Telefon beiseite und setzte sich, um den bereits genehmigten und abgezeichneten Rohentwurf für eine ganzseitige Schwarz-Weiß-Werbung anzusehen, der auf ihrem Tisch lag. Die Anzeige war für Modezeitschriften bestimmt, die zusammen mit den nötigen Daten im beiliegenden Arbeitsplan aufgelistet waren. Sie warf einen Blick auf die Notizen und Vorschläge; dann schaute sie wieder den Entwurf an und versuchte, sich die endgültige Form vorzustellen.

Im Vordergrund, finster dreinblickend, Arme trotzig vor der nackten Brust verschränkt, ein junger Mann mit struppig in die Stirn fallendem Haarwust. Der starre Blick aus den zusammengekniffenen, schwerlidrigen Augen ließ den LSD-Benutzer ahnen. Die gestreiften Hosen, supereng im Schritt, ließen ebenfalls einiges ahnen.

Und hinter ihm das Mädchen – nichts als Knochen und Ellbogen, Hände auf den Hüften, Beine weit gespreizt. Langes glattes Haar, seitlich über den extrem hohen Backenknochen zu Strähnen gedreht und dazu ein mürrischer Strich von Mund. Ganz die junge Hexe, die entweder an Unterernährung oder ihrer Starrolle in einem Andy-Warhol-Film litt.

Zwischen beiden ein Chopper oder so was. Nein, kein Motorrad – nur die Bullen fahren Motorräder –, *wir* haben unsere heißen Schrottöfen.

Karen notierte im Geist den Unterschied: Bullen gleich

negativ, heißer Schrott gleich positiv. Falls sie sich in ihrem Text überhaupt auf die Maschine beziehen sollte, mußte sie daran denken. Andererseits ging es in der Anzeige um die gestreiften Hosen, und sie mußte sich wohl eher auf deren Verkauf konzentrieren. In Gedanken ging sie Redewendungen durch, klammerte aus, verwarf. In sein, draufhaben, voll dabei sein, sein Ding abziehen – letztes Jahr war es *das* Vokabular, heute eine tote Sprache. Die heutige Generation lief derzeit unter der Bezeichnung: *The Beautiful People*. Ihre Kleidung war entweder schwer oder schillernd. Ausrüstung. Rüstung. Karen griff nach Block und Bleistift und kritzelte den ersten Versuch eines Titels hin – *Voll gerüstet für Action.*

Sinnlos, sich mit der Beschreibung der Hosen aufzuhalten; kein Mensch kauft gestreifte Hosen, man kauft einen Trend. Und dieser Trend war – was? Geil? Voll drauf? Affenscharf? Ein Lexikon moderner Redewendungen würde wie eine Bordellerzählung klingen.

Andererseits, wer war sie, um darüber zu richten? Das hier war ja schließlich nichts anderes als ein Bordell für die Gelüste der Jugend. Und sie selbst hurte mit herum, verkaufte sich. Die Sprüche würden sich nächstes Jahr ändern – aber sie würde immer noch eine Hure sein. Es sei denn, sie stieg hier aus und suchte sich einen ehrlichen Beruf – Prostitution zum Beispiel. Andererseits brauchte sie das Geld, Bruce brauchte das Geld, und sie sollte lieber an ihren Text gehen.

Das Telefon klingelte. Karen nahm den Hörer ab.

»Hallo, Schätzchen?«

An der Stimme und der Art der Anrede erkannte sie ihren Cheftexter.

»Ja, Mr. Haskane.«

»Girnbach hat eben angerufen. Er kommt heute nachmittag kurz vorbei und würde gern den Entwurf sehen.«

»Ich bin gerade dran. Geben Sie mir noch zwanzig Minuten.«

»Wunderbar! Bei Ihnen oder bei mir?«

»Ich komme rüber, sobald ich fertig bin.«

»Sie brauchen nicht zu klopfen. Ich sorge für kalten Champagner und vorgewärmte Laken.«

Karen ließ ihren Chef einhängen, ohne ihm zu antworten. Armer Haskane – sie konnte seine Situation nur zu gut verstehen. Ein aufgedunsener kleiner Mann mit beginnender Glatze, der zwischen den Generationen saß wie zwischen zwei Stühlen. Ein armes Hascherl, das kein Hasch vertrug.

Und es mußte doppelt hart für ihn sein, bei der Arbeit ständig an das erinnert zu werden, was er vermißte. Umgeben von Werbung für Hot Pants und keine Aussicht auf Greifbares. Wahrscheinlich beneidete er die Werbefotografen, die für Illustriertenanzeigen auf Spesen eine Woche nach Cannes fahren konnten, um dort ein nacktes Modell mit einer Rasierklinge in der Hand zu knipsen, die genauso scharf war wie das Mädchen. Haskane lieferte Worte, die Taten genossen andere. Kein Wunder, wenn er am Telefon den Draufgänger markierte.

Karen überlegte, was wohl passieren würde, sollte sie je auf seine verbalen Annäherungsversuche eingehen. Der arme Kerl würde vermutlich noch auf dem Weg in irgendein Motel tot umfallen. Andererseits, vor Überraschungen war man nie sicher.

Oder, noch schlimmer, vielleicht war sie sich ihrer selbst auch nicht ganz sicher. Schließlich war es schon eine ganze Weile her, daß sie auf dem eisgekühlter-Champagner-und-angewärmte-Laken-Trip gewesen war. Wußte sie wirklich, wie sie reagieren würde? War sie nicht demselben Druck ausgesetzt, wie der Mann, den zu bedauern sie vorgab? Sex verkaufen und nie kaufen; immer in der Rolle der Brautjungfer, doch niemals selbst Braut. Einmal war sie Braut gewesen – Mrs. Karen Raymond. Jetzt war sie Ehefrau. Eine Ehefrau dem Namen nach, so hieß das ja wohl.

Ach, zum Teufel damit, und zum Teufel mit Ed Haskanes unsittlichen Anträgen. Sie war wahrscheinlich genauso verspießert wie er; nicht alt, nicht häßlich, aber ebenso verstrickt in die aus der Mode geratenen Moralvorstellungen ihrer Generation.

Karen schüttelte den Kopf und verbannte das Thema aus ihren Gedanken. Sie wandte sich ihrem Schreibtisch zu und spannte einen Bogen mit Durchschlag in die Maschine. Die nächsten zwanzig Minuten konzentrierte sie sich ganz auf das Bild des trotzigen, halbnackten jungen Mannes und seiner ungekämmten Partnerin – wobei sie pflichtschuldigst den Impuls ignorierte, die Anzeige ›Ich Tarzan – du Affe‹ zu betiteln.

Unter dem Summen der elektrischen Schreibmaschine und ihrem Gemurmel füllte sich die Seite mit atemloser Prosa, die die unsagbare Herrlichkeit eines Paars gestreifter Hosen pries, komplett mit Zweideutigkeiten und sehr komprimiert geschrieben.

Karen zog das Blatt aus der Maschine, legte einen Durchschlag in die Schublade und heftete den zweiten, zusammen mit dem Original, an den Anzeigenentwurf. Sie stand auf und wollte gerade hinausgehen, als das Telefon wieder klingelte.

Sie ging zurück, hob den Hörer ans Ohr und lauschte.

»Mrs. Karen Raymond?«

»Ja, am Apparat.«

»Einen Moment bitte.«

Dann hörte sie die andere Stimme, und sie lauschte wieder und sagte ja und nochmal ja und vielen Dank. Ihre Stimme zitterte nicht.

Aber als sie den Hörer auflegen wollte, verfehlte sie beinah die Gabel, so sehr zitterte ihre Hand.

Auf dem Weg den Flur entlang zu Haskanes Büro war ihr, als liefe sie unter Wasser, und als sie den Türknauf drehen wollte, zitterte ihre Hand noch immer.

Aber sie schaffte es, öffnete die Tür und trat in Haskanes Zimmer, schaffte es, das bedeutungslose Blabla über die Anzeige durchzustehen.

Haskanes Stimme kam aus weiter Ferne, und sein Mondgesicht wirkte wellig und verzerrt wie das eines aufgedunsenen Fisches hinter der Scheibe eines Aquariums. Karen bekam irgendwie mit, daß er ihren Text gut fand und eine Abschrift zur Vorlage für den Kunden machen lassen wollte, der am Nachmittag erwartet wurde. Und ob sie gern dabei wäre, falls es noch Änderungsvorschläge geben sollte?

Karen ertrank, sie ging gerade zum dritten Mal unter, aber im letzten Moment erreichte sie die Oberfläche.

Haskane sah stirnrunzelnd zu ihr auf. »Was ist los?«

»Wenn Sie nichts dagegen haben, würde ich das Treffen gern auslassen. Ich möchte heute zeitig gehen.«

»Kopfschmerzen?«

»Ja.« Karen schnappte nach Luft.

»Okay. Ich glaube nicht, daß es Probleme geben wird. Gehen Sie nur.«

»Danke.« Karen warf ihm einen erleichterten Blick zu und wandte sich ab.

Zu dumm, daß sie nicht die Wahrheit sagen konnte.

Aber sie wollte seinen Gesichtsausdruck nicht sehen müssen, wenn sie sagte: »Tut mir leid, aber ich muß nach Topanga Canyon rausfahren. Ich habe die Nachricht erhalten, daß mein Mann vielleicht aus der psychiatrischen Anstalt entlassen wird.«

3

Wenn man dem verstorbenen Edgar Cayce glauben darf, wird das Gebiet, das heute als Südkalifornien bekannt ist, vielleicht bald unter den Meeresspiegel sinken.

Normalerweise machte Karen sich über solche Prophezeiungen wenig Gedanken, ebensowenig wie über Smog oder Erdbeben, aber jetzt war sie sich plötzlich nicht mehr so sicher. Während sie auf dem Hollywood Freeway dahinraste, fragte sie sich, ob die Voraussage nicht schon eingetroffen war, denn sie bewegte sich schon wieder unter Wasser. Die hohen Hügel zu ihrer Rechten schwankten, der Capitol-Turm zu ihrer Linken flirrte, und die Straße vor ihr war ein asphaltierter Nebel.

Nur die Geschwindigkeit ihres Wagens gab ihr die Sicherheit, noch von dem Element Luft umgeben zu sein, und ihr Atem ging schneller, während sie versuchte, ihren Kopf klar zu bekommen. Der gesunde Menschenverstand befahl ihr, auf den Seitenstreifen zu fahren oder zumindest die nächste Ausfahrt anzusteuern, aber sie hatte keine Zeit. Nicht, wenn man Bruce vielleicht entließ.

Wenn man ihn entließ ...

Die vor ihr liegende Gabelung erahnte Karen mehr, als sie sie sah, und sie schwenkte auf die rechte Fahrspur, die zum Ventura Freeway führte. Der Spätnachmittagsverkehr begann gerade dichter zu werden, und sie bemühte sich, ihre Aufmerksamkeit auf die Straße zu konzentrieren. Sie sah jetzt klarer, aber vor ihrem inneren Auge war immer noch alles verschwommen – es war ein ständiges Sich-bewußt-Sein der Untiefen. Sie hatte das Gefühl, als liefe ihr Leben wie in einer Rückblende vor ihr ab.

Leben? Was gab es da Erinnernswertes? Einst hatte es ein kleines Mädchen gegeben, das mit Papi und Mami nach Disneyland gefahren war. Aber Papi und Mami lagen in ihren Gräbern, und das kleine Mädchen war plötzlich eine große, langbeinige Blondine an der Universität von Los Angeles, die sich auf ihren Abschluß als Journalistin vorbereitete. Karen versuchte, sich den Campus ins Gedächtnis zu rufen, doch die Wellen wurden schnell höher und verdeckten die Sicht.

Dann tauchte Bruce auf; er kam langsam auf sie zu und sie gingen Hand in Hand, bewegten sich unter dem Druck des Wassers wie im Zeitlupentempo, während von ihren Mündern kleine Lachblasen aufstiegen, bis sich ihre Lippen für kurze Zeit trafen – so kurz ... Dann war sie wieder allein, arbeitete für die Agentur, und das war der Zeitpunkt, als sie versuchte, den Orkan durchzustehen, mach keinen Wirbel, und –

Zum Donnerwetter, hör jetzt auf! Karen rief sich selbst zur Ordnung. Hör auf, mit Worten zu spielen. Du bist nicht an einem Anzeigentext, und du ertrinkst auch nicht, höchstens in Selbstmitleid.

Karen blinzelte sich in erhöhte Aufmerksamkeit und ordnete sich in die Spur ein, die rechterhand in nördlicher Richtung auf den San Diego Freeway führte. Keine Wortspielereien mehr. Sie wußte, was sie tat, und sie wußte, wohin sie fuhr.

Während sie auf die Ausfahrt zusteuerte, brummte über ihr ein Flugzeug auf seiner weitgezogenen Landeschleife. Karen verlor es aus den Augen, als sie von der Fernstraße abfuhr und unter ihr hindurch in einer Linkskurve auf die Bundesstraße einbog.

Jetzt, wo sie nur noch halb so schnell fuhr, wurde ihr plötzlich bewußt, wie heiß und ätzend die Luft des San-Fernando-Tals war. Aus ihrem imaginären Unterwasser-Königreich war sie in eine echte Wüste gekommen. Es war noch gar nicht so lange her, da war dieses Tal sandiges Brachland gewesen. Dann hatten eine Million verwegener Pioniere es eingenommen und überall ihr kränkliches Buschwerk und ihre Häuserschachteln aufgepflanzt. Aber all die Supermärkte, die Bowling-Bahnen, die Autoreparaturwerkstätten, Drive-in-Kinos, Drive-in-Hamburger-Buden, Drive-in-Leichenhallen konnten die Tatsache nicht verdecken, daß es nach wie vor eine Wüste war. Und immer noch blies der Wind den Sand über die Parkplätze der Einkaufszentren, wo die Söhne der verwegenen Pioniere solche gestreiften Hosen kauften, wie Karen sie in ihrem Anzeigentext verewigt hatte.

Karen fuhr nach Westen, auf die Sonne zu, drehte an der nächsten Ampel nach Norden und fuhr dann am Flughafengelände entlang, wo die Maschine, die eben noch über ihr gewesen war, nun zur Landung ansetzte. Bei der dritten Einfahrt bog sie ab und hielt hinter einer Reihe kleiner, einmotoriger Maschinen, die um einen Blechdachhangar herumstanden wie schwerfällige, metallene Bienen um ihren Bienenstock.

An den Hangar grenzte ein rechteckiges, mit Schindeln verschaltes Gebäude. *Raymonds Charter Service* stand in abblätternden Buchstaben an der Seite. Über der offenen Tür war ein kleineres Schild: Büro. Im Eingang stand, mit in die Sonne blinzelnden Augen Karens Ankunft beobachtend, Rita Raymond.

Bei ihrem Anblick sagte sich Karen zum hundertsten Mal: sie sieht aus wie Bruce. Und zum hundertsten Mal ertappte sie sich dabei, wie sie innerlich stockte, als sie näherkam. Denn sie wußte, trotz der verblüffenden Ähnlichkeit war Rita Raymond überhaupt nicht wie Bruce.

Die große, dunkelhaarige Frau mit dem tiefgebräunten Gesicht und den düsteren, braunen Augen trug Stiefel, Jeans und ein verblichenes, kurzärmliges Hemd. Doch dieser Aufzug konnte die Fülle ihrer Hüften und die reife Rundung ihrer Brüste nicht verbergen; Augen, Nase und Mund waren vielleicht die von Bruce, aber der Körper war ganz und gar ihrer. Soweit Karen wußte, war Ritas Körper tatsächlich ihr äußerst persönlicher Besitz, denn noch nie hatte sie Bruces ältere Schwester in Begleitung eines Mannes gesehen. Sollte sie wirklich ein Sexualleben haben, so war es genausosehr verborgen, wie ihre weiblichen Attribute offenlagen. Und doch war sie tiefer Zuneigung fähig – sie liebte Flugzeuge, liebte die technischen Arbeiten an ihnen, sie liebte das Fliegen, liebte ihren Bruder ...

Aber mich nicht, dachte Karen. Und dann stockte sie erneut, als sie Ritas kalten Blick spürte.

Sie mußte sich zum Weitergehen zwingen, zu einem Lächeln und zu einer Begrüßungsformel.

»Du hast es also gehört«, sagte Rita.

»Ja«, stammelte Karen. »Haben sie dich auch angerufen?«

»Doktor Griswold rief mich gestern abend an.«

»Gestern abend?«

Karen konnte ihre Überraschung nicht verbergen, doch Ritas Gesichtsausdruck blieb unverändert. Sie trat zur Seite und winkte mit der Hand.

»Komm rein.«

Karen ging ins Büro, und Rita deutete auf einen Stuhl bei dem großen Ventilator. Als Karen sich setzte, wurden ihr das laute Surren und der starke Luftzug, der die Flugkarten an der Wand flattern ließ, erst richtig bewußt.

»Ich nehme an, du hast vor, raufzufahren«, sagte Rita.

»Natürlich, ich bin auf dem Weg.«

»Jetzt – heute abend?«

»Ich bin gleich nach dem Anruf von der Arbeit los.« Karen rutschte unter Ritas kaltem Blick unbehaglich hin und her, und der Luftzug brachte ihr Haar durcheinander. »Hast du gedacht, ich würde es auch nur einen Moment länger als nötig aufschieben?«

»Nein.« Rita schüttelte den Kopf. »Ich habe Griswold gleich gesagt, daß du nicht warten würdest.«

»Aber ich *habe* doch gewartet – es sind jetzt über sechs Monate. Meinst du nicht, daß ich das Recht habe, meinen eigenen Mann zu sehen?«

»Das ist keine Frage des Rechts«, erwiderte Rita. »Das ist eine medizinische Frage.«

»Doktor Griswold hat mir gesagt, ich könne kommen. Er möchte gern, daß Bruce mich sieht. Hat er dir das nicht erklärt? Bruces Reaktion auf mich wird mit zu der Entscheidung beitragen, ob er entlassen werden kann oder nicht.«

»Ich weiß.« Rita zündete sich eine Zigarette an und nahm einen tiefen Zug. »Ich mußte nur an das letzte Mal denken, als du ihn besucht hast.«

»Aber damals war Bruce krank – das wissen wir doch beide. Und jetzt geht es ihm wieder gut. Du hast es selbst gesagt ...«

Rita blies Rauch in die Luft, und der Ventilator blies ihn als grauen Heiligenschein um ihr Gesicht. »Ich habe dir gesagt, er schien ziemlich vernünftig, als ich bei ihm war. Und Woche für Woche hat er weitere Fortschritte gemacht.« Der Heiligenschein zerfloß und Karen sah sich wieder dem kalten Blick ausgesetzt. »Du darfst nur eins nicht vergessen, ich bin seine Schwester. Mir gegenüber hatte er nie Grund zu Feindseligkeit.«

»Was soll das heißen?« Karen merkte, wie sich ihre Kiefer- und Schläfenmuskeln spannten. »Willst du damit sagen, daß ich für das, was geschehen ist, verantwortlich bin?«

Die einzige Antwort war das dumpfe Surren des Ventilators. Und Karen dachte: »Sie versteckt ihren Haß hinter Andeutungen. Sie will Schuldgefühle in mir wecken.«

In ihren Schläfen klopfte es, und ihre Kiefer waren so starr, daß sie Mühe hatte, die Worte herauszubekommen. Aber sie kamen.

»Also gut, ich bin verantwortlich dafür, daß Bruce in dieses Sanatorium gegangen ist. Du hast ihn jede Woche besucht, aber mir hat man gesagt, ich solle nicht kommen, und ich habe mich danach gerichtet. Sechs Monate lang. Jetzt habe ich die Erlaubnis ihn zu sehen, und ich werde es nicht aufschieben. Denn wenn er soweit ist, daß er entlassen werden kann, dann gehört das auch zu meiner Verantwortung – nämlich dafür zu sorgen, daß er keinen Augenblick länger dort bleibt als nötig.«

Rita drückte ihre Zigarette aus. »Noch eins.« Sie sah auf, und ihre Augen verengten sich. »Angenommen, er ist noch nicht soweit? Angenommen, es wirft ihn zurück, wenn er dich sieht? Bist du bereit, auch dafür die Verantwortung zu übernehmen?«

Jetzt war es an Karen zu schweigen, doch das Echo der Frage schwang durch den Raum.

»Warum hat Griswold dich zuerst angerufen, anstatt mich?« fragte sie schließlich.

»Weil ich Bruce die ganze Zeit über regelmäßig gesehen habe und er meine Meinung hören wollte, ehe er weitere Schritte unternahm.«

»Und du hast sie ihm gesagt, nicht wahr?« Karens Stimme war nicht viel mehr als ein Flüstern. »Du hast ihm gesagt, deiner Meinung nach sei Bruce noch nicht soweit, mich zu treffen.«

»Ich habe ihm die Wahrheit gesagt«, meinte Rita. »Ich habe ihm gesagt, daß er meiner Ansicht nach ein großes Risiko einginge, wenn er euch, ohne vorher mit Bruce zu sprechen, zusammenkommen ließe. Er sagte, er wolle darüber nachdenken.«

»Das heißt also, als er mich heute anrief, hatte er darüber nachgedacht und war zu einem Schluß gekommen.« Karen stand auf. »Wenn er das Risiko eingehen will, dann will ich es auch.«

»Es geht nicht um Griswold und dich, das Risiko nimmt Bruce auf sich, siehst du das denn nicht?«

Karen ging zur Tür, und Rita stand rasch auf und trat ihr in den Weg, kräftige Finger preßten sich in Karens Arm. »Ich warne dich – bleib von meinem Bruder weg!«

Karen riß ihren Arm zurück. »Er ist mein Mann«, sagte sie. »Und ich will ihn wiederhaben.«

»Nein, geh nicht!«

Ritas heisere Stimme verklang im Geräusch des Ventilators, als Karen sich an ihr vorbei ins Freie drängte. Rita machte keine Anstalten, ihr zu folgen, aber als Karen sich hinters Steuer ihres Wagens setzte, meinte sie, sie rufen zu hören. Das Motorgeräusch machte es ihr unmöglich, etwas zu verstehen, wie das Zwielicht es unmöglich machte, den Ausdruck auf Ritas umschattetem Gesicht zu erkennen.

Karen wendete den Wagen gegen den verblassenden Sonnenuntergang und fuhr schnell durch das Ausfahrtstor. An der Straße bog sie rechts ab. Dann fuhr sie Richtung Süden in die Dämmerung.

Und die Nacht brach jetzt schnell herein.

4

Der Mond kam gerade hinter den Hügeln herauf, als Karen von der Fernstraße auf die kleine Nebenstraße einbog, die in den Wald führte.

In der Ferne konnte sie noch die Lichter der Raststätte sehen, wo sie eben getankt und ein Sandwich gegessen hatte. Dann verschwand das Geflimmer. Nebelschwaden zogen vor ihr über die Straße, und Karen schaltete das Fernlicht aus und reduzierte ihre Geschwindigkeit auf ein vorsichtiges Kriechen, während sie den Wagen die kurvige Straße aufwärts lenkte.

Hier in den Wäldern war kein Verkehr, kein Zeichen menschlicher Behausung in den Hügeln ringsum. Der

Mond stieg höher, und irgendwo weit weg zollte ein Kojote ihm heulend Tribut.

Als Karen die Weggabelung erreichte, war der Nebel ziemlich dicht geworden, aber sie erkannte das kleine, unauffällige weiße Schild ›Privatstraße‹ und rollte auf den Schotterweg, der sich zwischen hohen Bäumen dahinschlängelte.

Irgendwann versteckte sich der Mond hinter den Bäumen und ließ sie mit abgeblendeten Scheinwerfern auf dem grauen Schotter allein. Ein winziges gelbes Augenpaar leuchtete einen Moment lang vor ihr auf und verschwand dann eilig im Dickicht.

Plötzlich hatte sie den hohen Drahtzaun am Ende der Straße vor sich. Es war ein eindrucksvoller Zaun, der sich, soweit das Auge reichte, zu beiden Seiten eines ebenso hohen Gatters erstreckte. Karen verstand seinen Zweck und war nicht überrascht. Was sie überraschte, war die Tatsache, daß das Tor weit offenstand. Doch dann fiel ihr ein, daß sie ja erwartet wurde.

Sie fuhr hindurch und auf einem gewundenen Teersträßchen weiter durch das waldige Gelände. Dann lichtete sich der Wald, und sie sah den Mond wieder, der auf die dunklen Umrisse des vor ihr liegenden Hauses blickte.

Es war schon etwas mehr als ein Haus, räumte Karen ein; wer auch immer es sich einmal gebaut hatte, der hatte sich den Traum von einer Villa in einsamer Pracht erfüllt. Zwei Stockwerke, Backstein, mit großen Seitenflügeln und eindrucksvoller Fassade. Heim für einen Millionär aus der Zeit, als eine Million Dollar noch eine Menge Geld war.

Heute war es ein Heim anderer Art – ein Sanatorium,

so die höfliche Umschreibung – und seine Bewohner, wenn auch nicht Millionäre, waren doch weit davon entfernt, arm zu sein. Karen wußte nur zu gut, was es kostete, Patient in Doktor Griswolds Privatklinik zu sein. Kein Wunder, daß die Anzahl auf ein halbes Dutzend oder so beschränkt bleiben konnte.

Am Ende der Auffahrt hielt Karen vor dem Eingang. Das Haus lag nicht mehr völlig im Schatten, und durch zugezogene Vorhänge sah sie Lichtstreifen – Lichtstreifen, die draußen auf Maschendraht fielen.

Karen öffnete die Wagentür, so daß der Innenraum erleuchtet wurde. Einen Augenblick lang musterte sie sich im Rückspiegel. Frisur in Ordnung, Make-up aufgefrischt – das hatte sie im Waschraum der Raststätte erledigt –, aber ein bißchen müde sah sie aus, ein bißchen angespannt. Seit sie bei Rita weggefahren war, hatte sie sich bemüht, das Gespräch aus ihren Gedanken zu verbannen, doch einige Sätze klangen noch immer nach. »Angenommen, er ist noch nicht so weit? Angenommen, es wirft ihn zurück, wenn er dich sieht? Ein großes Risiko. Ich warne dich ...«

Noch war es nicht zu spät. Sie konnte die Tür wieder zumachen, umdrehen und nach Hause fahren. Nach Hause? Das leere Apartment – die letzten sechs Monate hatte sie allein darin herumgewurstelt, und das war lange genug.

Sie zwang sich zu einem Lächeln, stieg aus, ging zur Tür und klingelte. Niemand machte auf.

Sie drückte erneut auf den Klingelknopf und hörte den gedämpften Ton drinnen zu Stille verhallen. Es war erst kurz nach neun – auch wenn, wie sie wußte, das Mitarbeiterteam nur klein war, konnten doch unmöglich schon alle im Bett sein.

Karen griff nach dem Türknauf, wollte daran rütteln und merkte, daß er sich drehen ließ. Die Tür schwang auf.

Beim Betreten des hohen, trübe beleuchteten Vorraums nahm sie kurz den Terrazzofußboden, die getäfelten Wände und die geschlossenen Türen aus dunklem Holz ringsum wahr. Vor ihr lag ein hohes, offenes Treppenhaus. Am Fuß der Treppe, neben der Rezeption, eine Stehlampe. Dahinter saß eine Frau in weißer Tracht – die Nachtschwester.

Karen hielt einen Moment inne, wartete auf eine Begrüßung. Aber die Schwester sagte kein Wort, starrte sie nur an. Und während Karen näherkam, merkte sie, daß es mehr war als nur ein Anstarren: die Frau stierte sie buchstäblich an. Karen zwang sich wieder zum Lächeln und trat vor das Pult. Das Lampenlicht war hier heller und spiegelte sich in den hervortretenden Augen. Die hervortretenden Augen – und die braune Schnur, die eng um den Hals der Frau lag ...

Karen schnappte nach Luft; unwillkürlich berührte sie mit der Hand die Schulter der Schwester. Und die starre Gestalt fiel mit dem Gesicht nach vorn auf das Pult.

Es hatte keinen Sinn zu schreien, keinen Sinn, nach dem Telefonhörer zu greifen, nicht wenn das Kabel abgerissen und als Mordinstrument benutzt worden war.

Allerdings hatte es auch keinen Zweck, noch länger zögernd stehenzubleiben. Sie mußte jetzt sofort hier raus, die Tür war noch offen. Karen drehte sich um, und in dem Moment sah sie den Rauch.

Er kroch unter der Türritze durch, der geschlossenen Tür drüben, gegenüber vom Empfangspult. Karen erinnerte sich von ihrem einzigen Besuch her, daß es die Tür zu Doktor Griswolds Privatbüro war.

Sie ging auf sie zu und riß sie mit einem Ruck weit auf. Einen Moment lang schloß sie die Augen und machte sich auf den Anblick dessen gefaßt, was jenseits der Schwelle lag.

Erleichterung durchflutete sie, als sie merkte, daß der Raum leer war und auch nicht in Flammen stand.

Der Rauch kam aus dem Kamin in der gegenüberliegenden Wand. Der Rauch und der kohlige, durchdringende Geruch verbrannten Papiers, das auf die Glut gehäuft worden war.

Papierfetzen lagen zusammengeknäult über den ganzen Teppich verstreut, ebenso eine Anzahl leerer Aktendekkel. Auch der Schreibtisch war übersät davon, und ein paar einzelne Blätter hingen aus den offenen Schubladen der metallenen Aktenschränke in einer Ecke des Zimmers.

Jetzt wurde sich Karen noch eines anderen Geruchs bewußt – war da etwas in den Kamin gegossen worden, um das Papier zum Brennen zu bringen? Benzin war es nicht und auch nicht Kerosin – es war etwas mit beißendem Gestank, das sie nicht identifizieren konnte.

Karen ging zum Kamin und starrte die angekohlten Reste an. Nichts zu sehen, keinerlei Hinweis auf die Herkunft dieses komischen Geruchs oder des Summens, das sie schon die ganze Zeit über, entfernt, aber unablässig, gehört hatte.

Das Summen.

Karen drehte sich um und sah die kleine Tür gegenüber vom Kamin, sah das gleißende Licht unter der Türritze. Das Summen war hinter dieser Tür.

Noch bevor sie sich ihrer Bewegungen richtig bewußt war, hatte Karen die Tür erreicht und öffnete sie.

In der Mitte des kleinen, weißgekalkten Raumes stand ein Stuhl; ein Spezialstuhl mit gepolsterten Armlehnen und Kopfstütze, ein Stuhl mit einem Gewirr von Drähten und Kabeln, die wie die Fäden eines Spinnennetzes von einer Apparatur ausgingen.

Karen erkannte, worum es sich handelte: es war eine Einrichtung für Elektroschocktherapie. Und das Summen kam aus dem Schränkchen hinter dem Stuhl, dem Schränkchen, in das die Kabel mündeten. Jedes Kabel endete in Elektroden, die an die nackte Haut von Schläfen, Hals und Handgelenken der Gestalt geheftet waren, die im Stuhl festgeschnallt lag. Karen erkannte auch die Gestalt.

»Doktor Griswold!«

Griswold antwortete nicht. Er saß einfach nur da, der summende Strom ging durch ihn hindurch und ließ seinen leblosen Körper leise vibrieren. Die Elektroden waren mit Pflasterstreifen befestigt, aber darunter fehlten die Schwämmchen zum Schutz der Haut. Und nun wußte Karen auch, was das für ein Geruch war.

Es war der Geruch angebrannten Fleisches.

5

Als Karen aus dem Haus lief, war ihr einziger Gedanke: Weg von hier.

Es war nicht einmal ein Gedanke, eher ein Impuls, so blind wie die Panik, die folgte, so undurchdringlich wie der Nebel, gegen den sie ankämpfte, während ihr Wagen den Waldweg zurück zur Schnellstraße durchschleuderte.

Irgendwie war die Schwierigkeit, den Wagen zu lenken, ein Segen. Der Kampf mit dem Steuer war gleichzeitig ein Kampf gegen die Panik, und als sie die Abzweigung erreicht hatte, war Karen beinahe ruhig. Die abgeschaltete Leuchtreklame der Tankstelle zeigte an, daß sie schon geschlossen war, aber sie sah die Telefonzelle, und ihr wurde klar, daß sie anhalten und telefonieren mußte.

Später konnte Karen sich nicht mehr genau erinnern, was sie der Polizei gesagt hatte, aber es war offenbar genug gewesen, um sie auf Trab zu bringen. Sie wollte ihren Namen nicht nennen, versprach aber zu warten, bis sie kamen.

Natürlich hatte sie nicht die Absicht zu bleiben, darüber war sie sich schon vor dem Anruf klar gewesen. Sie hatte ihre Pflicht getan, und nun war es deren Problem. Was hatte Bruce immer über seinen Militärdienst gesagt – tu deine Pflicht, fall nicht auf, und mach nichts freiwillig? Nun gut, sie hatte ihre Pflicht getan, jetzt waren die dran. Sie konnte es sich nicht leisten zu bleiben, denn das bedeutete, mit hineingezogen zu werden.

Und Bruce mit hineinzuziehen. Das durfte sie nicht, nicht mit seiner Vor- und Krankengeschichte!

Also legte sie mitten im Satz auf, ging zu ihrem Wagen und stieg ein, ganz sicher, daß sie schon weit weg sein würde, wenn die Beamten hier ankamen.

Was sie nicht vorausgesehen hatte, war, daß sie ihren Wagen nicht starten konnte.

Es lag weder am Benzin noch am Vergaser noch am Motor. Das Problem war, daß ihre Hände so zitterten, daß sie unfähig war, den Zündschlüssel umzudrehen. Karen saß da, ziemlich ruhig und völlig beherrscht, bis auf die Tatsache, daß sie dieses Zittern nicht in den Griff bekam. Sie empfand gar nichts, nur eine dumpfe Gefühllosigkeit. Du hast einen Schock, sagte sie sich.

Wenn sie nur schluchzen könnte, schreien könnte, dann könnte sie sich vielleicht bewegen. Aber da war nur dies nicht enden wollende Zittern, wenn sie mit dem Schlüssel hantierte, dieses Zittern, das ihr Griswolds Körper wieder ins Gedächtnis rief, diesen bebenden und pulsierenden Körper. Wenn sie in den Rückspiegel sah, starrten seine toten Augen sie an.

Sie schloß ihre eigenen Augen, preßte die Hände im Schoß zusammen und zitterte.

So saß sie immer noch da, als der Streifenwagen mit blinkendem Licht aus dem Nebel auftauchte.

Drei Männer stiegen aus, und Sergeant Cole war sehr höflich und behutsam und wartete geduldig, bis sie endlich ihre Tasche geöffnet und ihren Führerschein herausgeholt hatte. Noch immer konnte sie ihre Hände nicht völlig unter Kontrolle bringen, doch merkwürdigerweise war ihre Stimme ruhig. Zuerst lehnte sie es rundweg ab, mit zurück zum Sanatorium zu fahren, aber Sergeant Cole meinte, einer seiner Leute würde sie in ihrem eigenen Wagen hinfahren und, nein, sie müsse sich die Leichen nicht ansehen.

Der Polizist, der Karen zu Doktor Griswolds Klinik zurückfuhr, war ein vierschrötiger Mann mittleren Alters namens Montoya. Sein jüngerer und schlankerer Kollege, Hyams, setzte sich zu ihr auf den Rücksitz.

Auf eine Doppeleskorte war Karen nicht gefaßt gewesen, und es irritierte sie zunächst etwas, bis ihr klar wurde, daß es sich um eine Vorsichtsmaßnahme handelte. Das war ein harter Schlag und warf sie von einem Schockzustand in den nächsten.

Sie stand unter Verdacht.

Karen saß angespannt da, rutschte unbehaglich auf ihrem Sitz herum und wartete darauf, daß einer ihrer Begleiter das Schweigen brechen und anfangen würde, Fragen zu stellen.

Aber es kamen keine Fragen. Montoya kaute Kaugummi und konzentrierte sich auf die Straße, während er dicht hinter dem Streifenwagen durch den Nebel fuhr. Hyams schien sich neben ihr zu entspannen; er saß wie im Halbschlaf da. Erst als sie aus ihrer Handtasche ein Taschentuch holen wollte, fiel seine Hand augenblicklich auf den Sitz neben den Griff seines Revolvers, der aus dem Halfter herausragte. Ihre Blicke trafen sich und er lächelte, aber die Hand blieb für den Rest der Fahrt, wo sie war.

Und als sie dann endlich auf der Auffahrt vor dem großen Haus hielten, blieb Hyams neben ihr sitzen.

»Du wartest hier«, sagte Cole zu ihm, nachdem er aus dem Streifenwagen geklettert war, und mit einem Nicken zu Montoya: »Also, los.«

Die Eingangstür stand halb offen – Karen merkte erst jetzt, daß sie sie vorhin offengelassen hatte – und die beiden Männer verschwanden im Haus. Karen starrte ihnen nach und zerknüllte dabei ihr Taschentuch zwischen den Fingern. Hyams sagte nichts, doch ihr war bewußt, daß er jede ihrer Bewegungen registrierte.

Es schien sehr lange zu dauern, bis Sergeant Cole wieder aus dem Haus kam. Aber als er schließlich erschien, waren seine Bewegungen rasch und gezielt. Er ging zum Streifenwagen, rutschte auf den Vordersitz, und einen Augenblick später hörte Karen das Knattern des Funkgeräts. Was er sagte, konnte sie nicht verstehen, aber es war ein längeres Gespräch. Sie fragte sich, ob er wohl einen der anderen Patienten oder jemanden vom Personal gefunden hatte, und wenn ja, was dabei rausgekommen war.

Schließlich kam er herüber und bedeutete Hyams mit einer Kopfbewegung, die Scheibe auf seiner Seite herunterzukurbeln.

»Würden Sie jetzt bitte mit hineinkommen?«

Die Frage war an Karen gerichtet, aber es war Hyams, der nickte. Alles sehr höflich, sehr korrekt. Und wenn Karen sich weigern sollte, würden sie sie sicher ebenso höflich und korrekt ins Haus schleifen.

Oder war sie unfair? Es schien so, denn als sie in die Halle kamen, trat Sergeant Cole bewußt vor sie, um sie gegen den Anblick an der Rezeption abzuschirmen. Sie merkte, er hielt sein Versprechen. Sie brauchte sich die Leichen nicht anzusehen.

»Hier entlang«, sagte er und zeigte auf eine offene Tür linkerhand. Während Hyams sie darauf zu führte, sah sie aus dem Augenwinkel Montoya die Treppe am anderen Ende der Halle herunterkommen. Sogar in dem schwachen Licht erschien Karen sein dunkelhäutiges Gesicht unnatürlich blaß, aber das bildete sie sich vielleicht nur ein.

Sergeant Cole nickte Montoya zu. »Die Kollegen sind auf dem Weg. Wenn sie hier sind, sollen sie gleich anfangen. Standardprozedur, die ganze Chose. Ich komme dazu, sobald ich kann. Aber sag ihnen, ich möchte nicht gestört werden, außer, sie finden noch etwas, was wir übersehen haben.«

»Alles klar«, erwiderte Montoya.

Cole trat beiseite und ließ Karen vorgehen, dann folgte er ihr zusammen mit Hyams.

Der Raum war ganz offensichtlich ein Arbeitszimmer.

In zwei der Wände waren vom Boden bis zur Decke Bücherregale eingebaut. Zugezogene Vorhänge verhüllten die Fenster der dritten Wand, und die vierte – am anderen Ende – bedeckten Diplome und medizinische Urkunden in aufwendigen Rahmen. Karen warf einen Blick auf den Schreibtisch und die beiden altmodischen Ledersessel davor und erkannte, daß sie hier schon einmal gewesen war. Damals, bei Bruces Einlieferung hatten sie sich hier mit Doktor Griswold unterhalten.

Aber jetzt ging Sergeant Cole um den Schreibtisch herum und setzte sich, und neben ihr stand Hyams, nicht Bruce. Weil Doktor Griswold tot war und Bruce war –

Wo ist er? Wo ist er jetzt? Sie schloß die Augen gegen den inneren Aufschrei.

»Sind Sie okay, Mrs. Raymond?« Coles Stimme klang sanft und besorgt.

Karen blinzelte und sah ihn an.

»Setzen Sie sich bitte.«

Sie nahm in dem Stuhl dicht am Schreibtisch Platz, wobei ihr Hyams Nähe intensiv bewußt wurde.

Und während Cole sie zwanglos und entspannt anlächelte, sah Karen, daß er nun einen Stift in der Hand hielt, und daß vor ihm auf dem Tisch ein Notizblock lag. Jede Bewegung erschien ganz zufällig, aber diese Männer wußten genau, was sie taten. Karen fiel ein, wie geschickt Hyams Hand sich vorhin im Auto an seinen Revolvergriff gelegt hatte.

Die Standardprozedur: Befragung eines Zeugen. Zeuge – oder Verdächtiger? Sie mußte sehr, sehr vorsichtig sein.

»Also, Mrs. Raymond, würden Sie uns jetzt bitte erzählen, was geschehen ist ...«

Das Merkwürdige an der Sache war, daß Karen sich

beim Sprechen entspannte. Sie hatte erwartet, daß Cole fragen würde, warum Bruce hier gewesen war und sich ihre Antwort darauf schon zurechtgelegt. Was sie nicht vorhergesehen hatte, war, daß er keine weiteren Fragen zu dem »Nervenzusammenbruch« stellte. Und als sie feststellte, daß ihre Erklärung angenommen wurde, hatte sie keinerlei Schwierigkeiten, weiterzureden.

Sie berichtete von Griswolds Anruf in ihrem Büro und machte auf Coles Nachfrage auch eine Zeitangabe dazu. Ebenso für ihren Besuch bei Rita – und als Cole sie unterbrach, gab sie ihm deren Anschrift und Telefonnummer.

So weit so gut. Aber jetzt ging es daran, ihr Gespräch mit Bruces Schwester wiederzugeben. Ritas Warnung, Bruce nicht zu besuchen, weil er noch nicht soweit sei – diese Dinge mußte sie umgehen, koste es, was es wolle.

Aber wie?

Die Hilfe kam von draußen in Form eines lauten Heultons. Und dann hörte sie das Stampfen von Schritten in der Halle und das Gemurmel vieler Stimmen.

Sergeant Cole runzelte die Stirn und winkte zu Hyams hinüber. »Sagen Sie ihnen, sie sollen sich ein bißchen zurückhalten«, sagte er.

Hyams stand auf und ging zur Tür. Er öffnete sie vorsichtig und trat hinaus. Einen Augenblick später war es bedeutend ruhiger geworden, und er kam zurück. Als er die Tür hinter sich zugezogen und sich wieder neben Karen gesetzt hatte, schaute Cole sie an.

»Sie waren gerade dabei, uns zu erzählen ...?«

Es war ganz einfach, die Geschichte an dem Punkt wieder aufzunehmen, als sie von Rita weg und in Richtung Süden weitergefahren war, ganz einfach, Cole eine zeitliche Übersicht ihres Tuns zu geben, die er auf seinem Notizblock festhalten konnte. Die Pause zum Tanken, das Sandwich, die Fahrt durch den Nebel, die Ankunft hier im Sanatorium.

»Um neun Uhr, sagen Sie?«

»Ungefähr. Vielleicht ein paar Minuten danach.«

Wieder gedämpfte Schritte, diesmal über ihnen. Cole warf einen raschen Blick nach oben, sagte aber nichts. Er bedeutete Karen, fortzufahren.

Jetzt hatte sie Schwierigkeiten, nicht, weil sie etwas verbergen mußte, sondern weil es so entsetzlich gewesen war.

Coles Fragen geleiteten sie Schritt für Schritt durch ihre Fahrt hierher bis zur Eingangstür. Was geschah, nachdem sie geklingelt hatte? Wie hatte sie gemerkt, daß die Tür nicht verschlossen war? Was war ihr als erstes aufgefallen, als sie ins Haus gekommen war?

Dann begleiteten seine Fragen sie ins Haus. Wann hatte sie die Schwester bemerkt? Wie hatte sie reagiert, als ihr klargeworden war, daß die Frau tot war?

Hatte sie erwogen, ein Telefon in einem der anderen Räume zu suchen, um die Polizei zu verständigen?

Es war wie eine Symbiose, sagte Karen sich. Er fütterte sie mit Fragen, und sie fütterte ihn mit Antworten. Aber die Fragen waren zunehmend schwieriger aufzunehmen, und sie fragte sich, ob ihre Antworten immer verständlich waren.

Karen erzählte ihm von dem Rauch, und er wollte wissen, was ihr zuerst aufgefallen war – hatte sie etwas gesehen oder gerochen? Sie erwähnte ihre Überraschung beim Anblick von Griswolds Büro, und Cole holte geschickt eine Beschreibung des Zimmers und des Zustands, in dem sie es vorgefunden hatte, aus ihr heraus.

Dann kam das Schlimmste: ihr Vordringen in den angrenzenden Raum und die Entdeckung von Griswolds Leiche. Es war Karen unmöglich, lange in dem Raum zu verweilen, nicht mal in der Erinnerung. Beim bloßen Gedanken an den Anblick und den Gestank wäre sie am liebsten weggelaufen, und so raste sie durch ihren Bericht, bis zu dem Punkt, an dem sie dann wirklich weggelaufen war.

Cole hielt beim Schreiben inne und unterbrach ihren Redefluß.

»Entschuldigen Sie, Mrs. Raymond. Sie sagen, sie wandten sich ab und rannten durch Griswolds Büro zurück in die Halle?«

»Ja.«

»Was haben Sie dann gemacht?«

»Ich bin zur Eingangstür gelaufen.«

»Auf direktem Weg?«

»Ja.«

Coles Stift blieb wieder über dem Geschriebenen hängen. Er lächelte Karen zu. »Sie waren zu dem Zeitpunkt ziemlich aufgeregt – ist das richtig?«

»Aufgeregt? Ich war völlig verängstigt!«

Cole nickte. »Überlegen Sie mal einen Augenblick. Vielleicht gibt es noch etwas, woran Sie eben nicht gedacht haben, etwas, was noch geschehen ist.«

Karen schüttelte den Kopf. »Ich glaube nicht.«

»Sind Sie nach oben gegangen?« murmelte Cole.

»Nein.«

»Sie sagen, Sie waren in Panik, fast in einem Schockzustand. Wäre es da nicht möglich, daß Sie etwas getan haben, ohne sich dessen in dem Moment voll bewußt gewesen zu sein?«

Karen runzelte die Stirn. »Ich bin aus dem Haus gerannt«, sagte sie dann.

»Sind Sie ganz sicher, daß Sie vorher nicht irgendwann die Treppe hinaufgegangen sind?«

»Warum sollte ich?«

In diesem Augenblick ging die Tür auf und Montoya kam herein. Karen drehte sich in ihrem Sessel um und sah ihn dastehen, während Cole ihn über sie hinweg fragend anschaute.

»Tut mir leid, daß ich unterbrechen muß, Sergeant.«

Cole nickte. »Was gibt's?«

»Mit Griswold und der Schwester sind sie jetzt fertig«, sagte Montoya. »Aber bevor sie alles einpacken wollten sie wissen, ob Sie sich nochmal die anderen Leichen oben ansehen möchten.«

6

Das Licht in dem Befragungsraum war sehr hell. Karen sah die winzigen Schweißtropfen, die sich an Sergeant Coles ergrauenden Schläfen bildeten. Sie konnte jede Falte in dem besorgten Gesicht des anderen Mannes, Lieutenant Barringer, erkennen, der zu diesem Gespräch dazugekommen war.

Eigenartig, eigentlich sollte sich doch der Verdächtige unter den Fragen winden, aber sie war jetzt ganz ruhig. Die beiden anderen waren es, die ins Schwitzen kamen.

Nicht, daß sie dafür kein Verständnis hatte – unter den Umständen. Die Schwester an ihrem Pult erwürgt, Griswold tot und zwei weitere Leichen im Obergeschoß. Sie hatte inzwischen erfahren, wer sie waren – ein Pfleger namens Thomas und eine ältere Patientin. Der Pfleger war erstochen worden und die Frau offenbar an Herzversagen gestorben, aber das wußte man natürlich noch nicht genau. Alles was man wußte, war, daß vier Menschen den Tod gefunden hatten, drei vom Personal und eine Patientin.

Fünf weitere Zimmer im oberen Stockwerk waren offensichtlich bewohnt gewesen, also hatte es noch fünf weitere Patienten im Haus gegeben. Doch sie waren verschwunden.

Sie waren verschwunden und all ihre Unterlagen ebenfalls. Jede Möglichkeit, sie zu identifizieren, war in Griswolds Kamin in Flammen aufgegangen.

Fünf psychisch Kranke verschwunden. Einfach weg. Nur einen – Bruce – kannte man beim Namen. Und man hatte allen Grund zu der Annahme, daß einer oder mehrere dieser Patienten Massenmörder waren.

Aber wer waren sie?

Und wohin konnten sie gegangen sein?

Es war also nicht weiter verwunderlich, daß Lieutenant Barringer die Brauen zusammenzog, als Karen den Kopf schüttelte.

»Tut mir leid«, meinte sie. »Ich kenne die Namen nicht. Ich habe keinen der anderen Patienten je auch nur gesehen. Ich sagte Ihnen ja schon, daß ich meinen Mann während seines Aufenthalts dort nie besucht habe.«

»Warum nicht?«

»Dr. Griswold meinte, es sei das beste, wenn ich nicht kommen würde. Bruce schien so verstört – «

»Verstört?«

Barringer nahm das Wort auf, aber das konnte Karen nicht ändern. Es gab keine Möglichkeit, das Thema zu umgehen, und wenn sie jetzt nicht darüber redete, dann würden sie es von Rita erfahren.

»Ja, natürlich. Deshalb war er ja in Behandlung; es war ein nervöser Zustand. Seit seiner Rückkehr aus Vietnam ...«

»War er drogenabhängig?«

»Nein, damit hatte er nie etwas zu tun.«

»Sind Sie ganz sicher?«

»Aber ja. Ich bin seine Frau –, wenn irgend so etwas gewesen wäre, hätte ich es gewußt.«

»In welcher Weise war er denn gestört?«

»Ach, nur die Nerven – «

»Bitte, Mrs. Raymond. Ein Mensch verbringt nicht sechs Monate in solch einer Klinik, ohne daß es eine Diagnose gibt. Sicherlich hat Doktor Griswold Ihnen mehr als das gesagt. Welche Symptome zeigten sich? Was hat Ihr Mann getan, das Sie veranlaßte, ihn dorthin zu schicken?«

»Ich habe ihn nicht geschickt! Bruce wollte es selbst!«

Karen wurde sich ihrer schrillen Stimme bewußt und merkte, daß sie nahe daran war, hysterisch zu werden. Wenn sie Bruce helfen wollte, dann mußte sie sich beherrschen.

Sie riß sich zusammen und sah zu, wie Barringer es sich auf der anderen Seite des Tischs auf einem Stuhl bequem machte. Er warf Cole einen Blick zu und wandte sich dann wieder an sie.

»Tut mir leid, Mrs. Raymond, ich weiß, wie Ihnen zumute ist.«

»Wirklich?«

»Natürlich. Sie haben einen Schock. Sie sind müde, und Sie mögen all die Fragen nicht.« Barringer seufzte leise.

»Tja, wir auch nicht. Aber das Dumme ist, wir müssen Antworten finden. Und im Augenblick sind Sie die einzige, die uns helfen kann.«

»Ich habe Ihnen die Wahrheit gesagt.«

»Das glaube ich Ihnen.«

»Was wollen Sie dann noch von mir?«

»Die ganze Wahrheit. Den Teil, den Sie uns bisher verschwiegen haben.«

»Aber mehr gibt es nicht.«

Barringer sah wieder zu Cole. Cole sagte gar nichts. Er mußte nichts sagen, keiner von beiden mußte etwas sagen. Sie konnten einfach dasitzen und warten, bis sie zusammenbrach und ihnen das lieferte, was sie wollten. Früher oder später würden sie sie mürbe kriegen, und dann hatten sie Bruce.

Außer –

»Einen Augenblick.« Karen holte tief Luft.

Die Köpfe der beiden Männer fuhren hoch.

»Mir ist eben etwas eingefallen.«

Diesmal war es Cole, der einen Blick in Barringers Richtung warf, einen Blick, der ungefähr heißen sollte. Siehst du, ich hab es dir ja gesagt, sie ist soweit. Aber Barringer war mitten in seinem Spiel, dem alten Wartespiel, und er reagierte nicht. Er richtete seinen eindringlichen Blick auf Karen.

»Ja? Weiter!«

»Ich habe die ganze Zeit über jede Woche einmal im Sanatorium angerufen, um zu hören, wie es meinem Mann geht. Gewöhnlich sprach ich mit Doktor Griswold, aber manchmal war er nicht zu erreichen, und ich hatte stattdessen seine Privatschwester am Apparat. Sie hatte die Tagesschicht unter sich. Ich bin sicher, sie könnte Ihnen die Namen der anderen Patienten geben, wenn Sie mit ihr sprechen würden.«

Barringer beugte sich vor. »Wie heißt sie?«

»Dorothy. Dorothy Anderson.«

Sergeant Cole kritzelte bereits auf seinen Block.

»Haben Sie eine Ahnung, wo sie wohnt?«

»Ich bin nicht ganz sicher.« Karen zögerte. »Aber ich meine mich zu erinnern, daß sie irgendwas von Umzug sagte vor ein paar Monaten. Ja, stimmt – sie zog damals in ein Apartment in Sherman Oaks.«

7

Es ist eine historisch belegte Tatsache, daß William Tecumseh Sherman nie einen Fuß auf den Boden von Sherman Oaks gesetzt hat. Er war viel zu sehr damit beschäftigt, durch Georgia zu marschieren.

Dorothy Anderson beneidete ihn.

Aus dem, was ihr von der Schule her noch im Gedächtnis war, wußte sie, daß der Marsch durch Georgia nicht gerade ein Honigschlecken gewesen war. Wahrscheinlich war es höllisch heiß gewesen –, aber sicher nicht annähernd so heiß, wie hier in ihrem kleinen Apartment im ersten Stock. Und der Lärm, den die Soldaten hatten ertragen müssen, war sicher nicht schlimmer gewesen als das, was sie sich jedes Wochenende von den beiden Stewardessen bieten lassen mußte, wenn sie ›Haus der offenen Tür‹ für ihre Privatarmee von Freiwilligen aus der Single-Bar unten auf dem Magnolia Boulevard hielten.

Dorothy hatte noch nie Magnolien auf dem Magnolia

Boulevard gesehen. Wenn sie es recht bedachte, gab es auch nicht besonders viele Eichen in Sherman Oaks.

Der einzige Grund für sie, in dieses Apartment zu ziehen, war ein rein praktischer gewesen. Es lag nur zwei Häuserblocks von der Schnellstraße entfernt und damit eine knappe halbe Stunde vom Sanatorium. Und sie hatte sich ausgerechnet, daß sie jeden Abend schon gegen halb sieben zu Hause und frei sein konnte.

Nur war es so, daß man mit monatlichen 150 Dollar heutzutage keine großen Sprünge machen konnte, was die Wohnung anging. Der Abend heute zeigte das wieder. Trotz des Schnaufens der Klimaanlage an der Wand war der Raum wie ein Ofen, wenn man sich einen Ofen vorstellen kann, der im frühen Sears-Kaufhaus-Stil eingerichtet ist.

Und was die Freiheit anging, worin bestand die eigentlich? Sie bestand darin, daß Dorothy frei im Supermarkt einkaufen konnte, ihre Lebensmittel frei nach Hause schleppen und auspacken und sich ihre Mahlzeit auf dem altmodischen Herd frei zubereiten konnte. Sie konnte sich dann ganz frei vor ihr Tiefkühldinner setzen, das mit leckerem, reinem und natürlichem Bratensaft zubereitet und durch das Wunder reinen Naturgases zu einer brodelnden Köstlichkeit erhitzt worden war. Jedenfalls behauptete das die Fernsehwerbung. Aus lauter Blödsinn fragte Dorothy sich, wie es wohl sein würde, vor einer Mahlzeit mit künstlichem Bratensaft zu sitzen, erhitzt mit künstlichem Gas.

Sie schob den Gedanken beiseite. Wenn sie nicht aufpaßte, dann fing sie bald genauso an, wie diese armen Irren in der Klinik oben.

Dorothy räumte den Tisch ab und machte sich an den

Abwasch. Das war mehr, als die armen Irren tun mußten, denn die waren ja nicht wirklich arm. Die waren reich, oder ihre Familien waren es; mußten sie ja sein, bei den Honoraren, die der alte Griswold nahm. Aber für ihr Geld erhielten sie auch die entsprechende VIP-Behandlung. Freie Benutzung des Hauses und des herrlichen Grundstücks drumherum. Sicher, das Ganze war mit einem Zaun eingegrenzt, aber wer ist heutzutage nicht auf irgendeine Weise eingegrenzt? Und wer's nicht glaubt, soll nur mal versuchen, ohne Ausweis irgendwohin zu gehen, ohne Paß eine Reise ins Ausland zu machen oder eine Einbahnstraße in der verkehrten Richtung zu befahren. Sieh mal zu, wie weit du heute durch Georgia marschieren kannst, ehe so ein Bauernsheriff dich wegen Landstreicherei festnimmt! Genaugenommen muß man nicht mal aus dem Haus gehen, um – wumm – überall gegen Zäune zu rennen – sorgfältig verflochtene Zäune aus Stadt, Bundesland, Staat, Steuerformularen, Versicherungsprämien und Geldinstituten.

Die armen Irren mußten sich darüber keine Gedanken machen. Sie mußten weder kochen noch Tiefkühlkost essen oder hinterher Plastikteller abwaschen.

Vielleicht waren sie deshalb ja gar nicht so irre; vielleicht wußten sie etwas, was sie nicht wußte. Etwas in der Art, daß man einfach alles aus sich rausließ und sich einen Dreck darum scherte, wer es mitbekam. Vielleicht war sie selbst ja die arme Irre, sie, die ihr Leben damit verbrachte, sich um diese Menschen zu kümmern. »Man muß nicht unbedingt verrückt sein, wenn man hier arbeiten will, aber es hilft.«

Dorothy stellte das Plastikgeschirr in das Plastikgestell des Schranks, dann ging sie die sechs Schritte in den

Wohnraum und drehte an den Plastikknöpfen des tragbaren Fernsehgeräts.

Nicht, daß sie ein bestimmtes Programm sehen wollte, aber das Geräusch war hilfreich; zumindest war es ein Gegengewicht zu dem Dröhnen, das aus der Stereoanlage ihres Nachbarn durch die Wände drang.

Natürlich konnte sie auch ausgehen, aber wohin? Im Kino um die Ecke liefen zwei alte Filmkomödien – eine handelte von einem wilden jungen Mann, der im Gorilla-Kostüm herumhopste, die andere von einem weniger wilden jungen Mann, der sich mit seinem Hausschwein sexuell vergnügte. So künstlerisch und bedeutungsvoll diese beiden, von der Kritik hoch gelobten Epen auch sein mochten – Dorothy wußte, sie würde dadurch nur an ihre Patienten erinnert werden.

Als Alternative gab es noch die flotte Single-Bar, in der die Flugmädchen von obendrüber Stammgäste waren. Aber das war, sagte sich Dorothy, kein Lokal für eine Frau von neununddreißig Jahren (also gut, vierundvierzig!). Sie war schon allzuoft dort oder in ähnlichen Lokalen gewesen, und immer hatte es mit irgendeinem Charmeur geendet.

Die Welt – zumindest die des Nachtlebens in den hiesigen Kneipen – war voll von Charmeuren. Witzige, gutangezogene, sonnengebräunte Typen von neununddreißig (vierundvierzig?) mit einem Hauch von Grau an den Schläfen und einem Hauch von Farbe auf dem Kopf – oder einem Toupet. Alle fuhren sie Sportwagen aus zweiter Hand, bei deren Abzahlung sie zwei Monatsraten hinterherhinkten. Auch mit ihren Alimenten waren sie nicht ganz auf dem laufenden, aber das erfuhr man erst, wenn sich zeigte, daß die kleidsame Sonnenbräune gleich unterhalb der Kragenlinie endete und die knackige Taille verschwand, sobald die allzu engen Hosen gefallen waren.

Charme. Eigenartig, wie wenig Menschen zu wissen scheinen, was das Wort wirklich bedeutet. Eine Formel, ein Zauberwort, erfunden, um eine Illusion zu erzeugen. Etwas, das Magier benutzen, um die Menschen irrezuführen. Dorothy hatte gelernt, sich vor Charmeuren zu hüten, hatte auf die bittere Art erfahren, was hinter dem lässigen Lächeln und der oberflächlichen Schmeichelei versteckt lag. Und sie hatte es nicht nur aus den einmaligen Bettgeschichten gelernt, sondern auch aus ihrer täglichen Arbeit. Viel zu viele von denen, die in Griswolds Klinik endeten, waren Charmeure. Glattzüngige Redner, auf Lauterkeit und Sentimentalität spezialisiert, die allzu rasch in Gewissensbisse, Selbstvorwürfe und Bußversprechen für jede Missetat verfielen. Und unter der kunstvoll entwickelten Fähigkeit, andere zu manipulieren, unter dem sorgsam kalkulierten Selbstbetrug steckte immer der kleine Junge, der nie erwachsen wurde, weil er nicht erwachsen werden mußte. Denn Papi und Mami waren ja da und sagten ihm, wie niedlich er war, und badeten alles für ihn aus. Später war dann immer eine Dorothy oder das Äquivalent einer Dorothy für sie zur Stelle. Irgendeine dumme Tucke, bereit zuzuhören, bereit, ihre Schulden zu übernehmen und ihre Lügen und ihre Anfälle von Größenwahn mitzumachen. Bis dann irgendwann der kleine Junge vor einem Problem stand, das mit Charme nicht zu lösen war. Dann brach alles zusammen, und er endete um sich schlagend und kreischend in einer Zelle – oder im Gefängnis. Oder, falls seine Angehörigen es sich leisten konnten, in Doktor Griswolds Klinik.

Dorothy wollte mit Charmeuren nichts mehr zu tun haben, denn sie sah immer den kleinen Jungen hinter allem – den kleinen Jungen, der unfähig war, irgend etwas oder irgend jemanden außer sich selbst zu lieben und der seine Frustrationen übertünchte, indem er mit einem Fleischermesser Katzen zerstückelte.

Also schaltete sie lieber den Fernseher ein und sah sich die professionellen Charmeure an, wie sie ihre Scharade vom ach-so-cleveren, hochgestochenen Privatdetektiv vorführten, dessen Können als wissenschaftlicher Kriminologe geschickt demonstriert wurde, indem er dem Bösewicht einen Kinnhaken versetzte und ihn mit einem Karateschlag zu Boden warf.

Noch zwei solch oberflächliche Shows, dann kamen die Spätnachrichten. Die waren nicht ganz so charmant, also drehte Dorothy den Ton zurück. Leiser, nicht ganz aus. Sie wollte trotz allem Stimmen hören, wollte hörbare Versicherung, daß sie nicht ganz allein war. Mit neununddreißig – oder vierundvierzig – will niemand wirklich allein sein, schon gar nicht um Mitternacht.

Dorothy ging in ihr Schlafzimmer und nahm die Tagesdecke vom Bett. Sie holte ihr Nachthemd aus dem Schrank und hängte es ins Bad. Von hier an waren ihre Bewegungen ganz automatisch, bestimmt von langjähriger Gewohnheit.

Während sie sich auszog, sagte der Nachrichtensprecher irgendetwas über die Situation in Asien, das sie nur teilweise mitbekam. Die Zusammenfassung über eine Demonstration und Krawalle in Washington wurde vom Rauschen der Dusche übertönt. Während sie sich abtrocknete und ihr Nachthemd überstreifte, warf Dorothy einen Blick durch den Türspalt: Auf dem Fernsehschirm grimassierte ein unglaublich häßliches, mittelalterliches Paar in gespieltem Entzücken über einem Glas Pulverkaffee.

Gleich würde der Wetterbericht kommen, der ihr bei der Entscheidung half, welche Kleider sie für morgen herauslegen sollte. Sie öffnete das Fenster in dem dampferfüllten Bad und ging in den Wohnraum, um ihn nicht zu verpassen.

Der Kommentator kündigte gerade eine aktuelle Meldung an. »Patienten flohen heute nacht aus einer psychiatrischen Privatklinik in Topanga Canyon und ließen vier Tote zurück.«

Dorothy hielt den Atem an und stellte den Ton hastig lauter.

»Die Opfer des offenbar überrraschenden Mordanschlags identifizierte man als Doktor Leonard Griswold, 51, Leiter des Sanatoriums, Mrs. Myrtle Freeling und Herbert Thomas, beide zum Klinikpersonal gehörig sowie ...«

»Oh mein Gott!« sagte Dorothy laut.

Dann klingelte das Telefon.

Sie rannte ins Schlafzimmer und nahm den Hörer ab.

»Miss Anderson? Hier spricht Lieutenant Barringer von der Polizei in Los Angeles.«

Durch das Geräusch des Fernsehers konnte sie nicht alles verstehen. Der Lieutenant sagte etwas von Entdekkung der Leichen.

»Ich weiß«, unterbrach Dorothy. »Ich habe es eben in den Nachrichten gehört.«

Der Luftzug vom offenen Badzimmerfenster drang nicht bis zu ihr, trotzdem war Dorothy durch und durch kalt – ihr war kalt, und sie zitterte. Die nächsten Worte des Lieutenant bekam sie nicht mit, und sie preßte den Hörer fester ans Ohr.

»... offensichtlich eine der Patientinnen, und wir brauchen Ihre Hilfe bei der Identifizierung. Eine ältere Frau, ungefähr fünfundsechzig, klein, ziemlich dünn, randlose Brille ...«

»Mrs. Polacheck«, sagte Dorothy. »Francis Polacheck. P-O-L-A-C-H-E-C-K. Nein, das weiß ich nicht. Sie war Witwe. Ich glaube, sie wohnte in Huntington Park, dort lebt jedenfalls eine Schwester von ihr.«

»Wie viele Patienten waren noch in der Klinik?«

»Fünf.« Es zog nicht mehr, aber Dorothy fröstelte. »Sagen Sie mir um Gottes Willen, was geschehen ist ...«

»Können Sie mir bitte die Namen durchgeben.«

»Ja.« Dorothy holte tief Luft. Jetzt nahm sie einen leichten Durchzug wahr. Sie drehte sich um und sah, wie die Tür des Schlafzimmerschranks hinter ihr aufging.

Dorothy fing an zu schreien, aber es war zu spät.

Einen Augenblick später gab es vier offene Dinge in dem Apartment. Das Fenster im Bad, die Schranktür, die Schublade des Küchenschranks, in der das Fleischmesser gelegen hatte, und Dorothys Halsschlagader.

Auf dem Fernsehschirm versprach der Ansager schönes und wärmeres Wetter für den kommenden Tag.

8

Die Morgensonne strömte durch das Fenster hinter Doktor Vicente und versah seinen Kahlkopf mit einem Heiligenschein.

Karen, die ihm gegenübersaß, blinzelte über seinen

Schreibtisch hinweg in die Helligkeit. Ihre Augen fühlten sich sandig an vor Müdigkeit und sie lehnte sich zurück, um dem Licht auszuweichen. Aber es gab keine Möglichkeit, dem direkten Blick des Polizeipsychiaters auszuweichen. Oder seinen direkten Fragen.

»Warum war Ihr Mann in der Klinik?«

»Bitte.« Karen schüttelte den Kopf. »Ich habe Lieutenant Barringer gestern nacht alles erklärt. Können Sie sich nicht einfach seine Notizen ansehen?«

»Ich habe eine Kopie Ihrer Aussage hier.« Doktor Vicente warf einen flüchtigen Blick auf die schreibmaschinenbeschriebenen Seiten vor sich. »Aber es wäre trotzdem hilfreich, wenn Sie uns noch ein paar zusätzliche Informationen geben könnten.« Er lächelte ihr zu. »Zum Beispiel erwähnten Sie den nervösen Zustand Ihres Mannes. Das erscheint mir nicht sehr präzise. Könnten Sie mir sein Verhalten genauer schildern?«

Karen rückte ihren Stuhl mehr nach links im Versuch, der Sonne zu entgehen. »Da gibt es eigentlich nicht viel zu schildern. Höchstens, daß er sehr still erschien. Zu still.«

»In sich zurückgezogen?«

»Ja, so könnte man es wohl bezeichnen. Er verbrachte viel Zeit damit, einfach nur herumzusitzen. Er las nicht, er sah nicht fern – er saß einfach nur da. An gemeinsamen Unternehmungen, wie Freunde besuchen oder Essen gehen oder ins Kino, schien er überhaupt kein Interesse zu haben. Außerdem gewöhnte er sich an, bis mittags zu schlafen.«

»Hat er über Müdigkeit geklagt?«

»Nein. Bruce hat sich nie beklagt. Er redete überhaupt nie darüber, wie er sich fühlte.«

»Worüber redete er denn?«

»Nun – zuerst meinte er, er wolle sich wieder bewerben und sich bei Leuten aus der Industrie vorstellen. Vor seiner Militärzeit war er in der elektronischen Datenverarbeitung. Aber diese Pläne hat er, glaube ich, nie verwirklicht.«

»Und Sie haben ihn nicht danach gefragt?«

»Nein. Ich merkte ja, daß irgendwas mit ihm nicht stimmte, auch wenn er mir nicht sagen wollte, was ihn quälte.«

»Aber Sie müssen doch darüber gesprochen haben, bevor Sie sich entschlossen, ihn in diese Klinik zu schicken.«

Karen zwang sich, Doktor Vicente anzusehen. »Das hat Bruce eigentlich selbst entschieden. Er wußte, daß er ein Problem hatte, und wollte, daß ihm geholfen wird.«

»Ich verstehe.« Doktor Vicente lehnte sich zurück. »Aber soviel ich weiß, ist dieses Sanatorium ziemlich teuer. Ihnen war doch sicher klar, daß er durch die Veteranenverbände eine kostenlose Behandlung bekommen hätte.«

»Ja, aber er konnte diese Veteranenkrankenhäuser nicht ausstehen.«

»Warum?«

»Er sagte, die psychiatrischen Abteilungen dort seien wie Gefängnisse, nur schlimmer. Er konnte die Vorstellung, da wie ein Tier eingesperrt zu sein, nicht ertragen.«

Doktor Vicentes Stimme war sehr sanft. »War Ihr Mann denn je in so einer Klinik, Mrs. Raymond?«

Das sandige Gefühl verschwand aus Karens Augen, weggeschwemmt von plötzlichen Tränen. »Reden Sie nicht so über Bruce! Ich habe Ihnen doch gesagt, er ist freiwillig gegangen. Und Doktor Griswold sagte, er könne entlassen werden. Er ist nicht verrückt – und er war es auch nie!«

Erst später wurde Karen klar, daß Lieutenant Barringer ihr Gespräch vom Nebenzimmer aus mitgehört haben mußte. Aber jetzt, als er hereinkam, war alles, was sie sah, ein müder Mann, der dringend eine Rasur brauchte.

»Ich störe hoffentlich nicht?« sagte er.

Doktor Vicente schüttelte den Kopf. Karen tupfte sich die Augen mit einem Taschentuch aus ihrer Handtasche ab.

Barringer ging auf den Schreibtisch zu. »Ich wollte Ihnen nur sagen, daß wir den Aufruf senden lassen. Alle Radio- und Fernsehstationen werden ihn den ganzen Tag über in ihren Nachrichtensendungen bringen. Wir bitten die Familien der vermißten Patienten, sich mit uns in Verbindung zu setzen, damit wir die Namen erfahren und vielleicht auch, wo sie sind.«

Doktor Vicente seufzte. »Wenn ich Sie wäre, würde ich nicht auf Hilfe von dieser Seite setzen.«

»Warum nicht?«

»Ich fürchte, die Angehörigen der anderen Patienten werden dieselbe Einstellung haben, wie Mrs. Raymond – sie wollen das Risiko nicht eingehen, möglicherweise Ehemann, Frau, Sohn oder Tochter zu belasten. Sie müssen bedenken, daß diese Patienten eben deshalb in Doktor Griswolds Klinik untergebracht wurden, um ihren Zustand geheimzuhalten. Diese Morde werden das Bestreben der Familien nur verstärken, ihre Lieben vor einer möglichen Anklage zu schützen.«

»Mir ist klar, daß wir nur eine Außenseiterchance haben«, meinte Barringer. Er sah Karen an. »Deshalb hatte ich die Hoffnung, daß wenigstens Mrs. Raymond vernünftig wäre.«

Karen sah schnell hoch. »Sie sind doch diejenigen, die nicht vernünftig sind. Nur weil Bruce Patient in diesem Sanatorium war, heißt das noch lange nicht, daß er etwas mit den Morden zu tun hat. Warum sollte er diese Leute umbringen und weglaufen, wenn er kurz vor der Entlassung stand?«

»Sie ziehen voreilige Schlüsse ...«

»Und Sie?« Karen sah Barringer voll ins Gesicht. »Heute morgen haben Sie gesagt, Dorothy Anderson sei ermordet worden, um sie am Reden zu hindern. Aber haben Sie Beweise? Jeden Tag werden Menschen ermordet – vielleicht war es nur ein Zufall.«

Lieutenant Barringer zuckte die Achseln. »Griswolds Wagen war gestern abend nicht auf dem Klinikgelände. Vor einer Stunde haben wir ihn gefunden – er stand in einer Seitenstraße, einen Häuserblock von Dorothy Andersons Apartment entfernt.«

Karen wandte sich ab, doch Barringers Stimme verfolgte sie. »Finden Sie immer noch, daß das nach Zufall klingt, Mrs. Raymond?«

»Ich sage Ihnen, Bruce würde keinem Menschen etwas zuleide tun ...«

»Wir beschuldigen Ihren Mann ja auch gar nicht.« Doktor Vicente stand auf und kam um seinen Schreibtisch herum zu Karen. »Alles, was wir sagen, alles was wir im Augenblick wissen, ist, daß er zu den fünf Flüchtigen aus der Klinik gehört. Und nach dem momentanen Stand der Ermittlungen sieht es so aus, daß einer oder mehrere von ihnen die Morde verübt haben.«

»Aber Sie geben zu, daß Sie nicht wissen, wer«, sagte Karen.

»Das ist richtig.« Vicente schürzte die Lippen. »Doch alle bisherigen Erkenntnisse weisen darauf hin, *was* er vermutlich ist, nämlich ein Soziopath. Das heißt, ein Mensch, der sich scheinbar ganz rational verhält, der sogar die meiste Zeit mit brillanter Intelligenz handeln kann – der aber in hemmungslose Grausamkeit verfällt, wenn aus irgend einem Anlaß die Gewalttätigkeit in ihm ausgelöst wird.

Damit wir uns recht verstehen: Wer auch immer diese Menschen getötet hat, weiß genau, was er tut und warum er es tut. Er ist darauf aus, jeden Hinweis auf seine Identität zu vernichten – alles und jeden. Und das heißt, daß auch Sie selbst in Gefahr sind.«

»Aber das ist doch lächerlich ...«

»So, ist es das«? unterbrach Lieutenant Barringer stirnrunzelnd. »Die Morgenzeitung hat die Geschichte auf der Titelseite gebracht. Ihr Name steht drin.«

Karen sagte nichts dazu, aber ihre Hände krampften sich um den Riemen ihrer Handtasche.

»Bitte mißverstehen Sie das nicht. Wir wollen Sie nicht beunruhigen. Aber vielleicht sehen Sie jetzt ein, wie wichtig eine Zusammenarbeit auf allen Ebenen ist. Ihre eigene Sicherheit steht mit auf dem Spiel. Jede Information, die Sie uns geben können, die zur Ergreifung dieses Schlächters führen würde ...«

Karen preßte die Finger in ihre Handtasche, aber sie schüttelte den Kopf. »Ich habe Ihnen bereits alles gesagt, was ich weiß.«

»Also gut«, meinte Lieutenant Barringer. »Ich schätze, dann fahren wir jetzt los.«

»Wohin?«

»Ins Hauptquartier. Ich muß Sie in Schutzhaft nehmen.«

»Nein ...« Karen erhob sich mit einem Ruck.

»Tut mir leid, aber Sie sind ein unentbehrlicher Zeuge.«

»Aber meine Aussage haben Sie doch.«

»Je nach dem, wie dieser Fall sich weiterentwickelt, müssen wir vielleicht noch mal mit Ihnen reden.«

»Dazu brauchen Sie mich doch nicht einzusperren! Ich werde die Stadt nicht verlassen. Ich habe einen Job hier, Sie können mich jederzeit erreichen ...«

»Und der Mörder ebenfalls.« Barringer schüttelte den Kopf. »Wir sind dafür verantwortlich, daß Ihnen nichts geschieht.«

»Aber das kann Wochen dauern! Ich werde meinen Arbeitsplatz verlieren ...«

»Und Ihr Leben retten.«

»Bitte! Es muß doch noch eine andere Möglichkeit geben.« Karen sprach hastig. »Angenommen, Sie würden mir eine Art Leibwache stellen ...«

»Haben Sie eine Vorstellung, wie viele Leute bereits an diesem Fall arbeiten? Wir sind sowieso schon unterbesetzt. Was Sie verlangen, würde den Einsatz von drei Mann bedeuten, die sich im Achtstundenrhythmus abwechseln. Außerdem müssen wir nicht nur an unsere Leute, sondern auch an das Geld des Steuerzahlers denken.«

»Ich zahle auch Steuern. Es ist also auch mein Geld. Und wenn ich meinen Arbeitsplatz in der Agentur wegen dieser Sache verliere ...« Karen merkte, wie ihr die Tränen hochstiegen und kämpfte dagegen an. »Bitte, Sie müssen mir einfach eine Chance geben!«

Barringer wechselte einen Blick mit Doktor Vicente.

»Also gut«, sagte er dann. »Aber merken Sie sich bitte: keine Erklärungen der Presse gegenüber, keine Fernsehinterviews. Und: Sie haben sich unbedingt den Anordnungen desjenigen zu fügen, der zu Ihrem Schutz abkommandiert ist.«

»Das verspreche ich.«

»Denken Sie lieber noch einmal darüber nach. Es wird nicht leicht werden. Privatleben wird es für Sie nicht geben – Tag und Nacht werden Sie unter Aufsicht sein. Und wenn irgendwas passiert ...«

»Es wird nichts passieren«, unterbrach Karen rasch. »Sie werden sehen.«

Während sie das sagte, schaute sie sich die Gesichter der beiden Männer genau an, versuchte herauszufinden, ob sie ihr glaubten.

Nicht, daß es eine Rolle spielte.

Denn sie glaubte es selbst nicht.

9

Was der Wetterbericht versprochen hatte, war eingetroffen. Es war sonnig und wärmer in Los Angeles.

Nicht daß die Menschen über das Wetter groß nachdachten. Sie waren viel zu sehr damit beschäftigt, die Schlagzeilen in der *Times* zu lesen und die Nachrichten zu verfolgen. Und obwohl es warm war, ging ein allgemeines Frösteln durch die Stadt. Erinnerungen kamen hoch.

Da hatte es einmal einen Würger in Boston gegeben, kaltblütige Morde in der Prärie, einen schießwütigen Gewehrschützen auf einem Turm in Texas, einen psychopathischen Schlächter in Phoenix. Ein Gastarbeiterkiller hatte mit mehr als zwei Dutzend flüchtig verscharrter Leichen das kalifornische Farmland verunziert. Irgendwo in der Bay-Gegend hatte ein jugendlicher Messerheld seine Morde zu einem Ego-Trip gemacht, indem er sich ihrer in Briefen an die Zeitungen brüstete, die er mit dem unheilschwangeren Namen Zodiac zeichnete. Und hier, im freundlichen und wärmeren Los Angeles, erinnerten sich die Leute an die Manson-Familie.

Alle Menschen sind Brüder – aber welcher Bruder heißt Kain?

Eine unfaire Frage vielleicht und ein unfairer Vergleich. Denn Kain brachte Abel aus rein persönlichen Gründen um, unannehmbare, aber verständliche Gründe.

In diesen Morden jedoch lag nichts Persönliches. Aus Kain war ein Massenmörder geworden, der grausam und aufs Geratewohl zuschlug.

Zu biblischen Zeiten versah Gott Kain mit einem Zeichen, tötete ihn aber nicht, und Kain ging in das Land Nod.

Heutzutage brandmarkt Gottes Stellvertreter, der Psychotherapeut, Kain mit Bezeichnungen wie: Soziopath, Psychopath, multipler Schizophrener, zyklothyme Persönlichkeit – und Kain wird ins Land der psychiatrischen Anstalten geschickt.

Und jetzt und heute liefen fünf potentielle Mörder frei herum. Ihre blutige Spur führte von dem abgelegenen Canyon mitten ins Herz der großen Stadt. Und bei dem Gedanken an seine eigene Verletzlichkeit begann dieses Herz zu klopfen und schneller zu schlagen.

Telefone klingelten und Frauen tauschten schrille Fragen aus. Hast du die Zeitung gelesen, hast du die Nachrichten gehört, meinst du, sie werden herausfinden, wer diese Leute sind, meinst du, man wird sie fassen? Friseurtermine wurden abgesagt und Einkaufspläne hastig fallengelassen. Die arme Dorothy Anderson. Weißt du noch, all die Krankenschwestern in Chicago damals? Ich gehe jedenfalls nicht aus dem Haus heute.

Die Männer waren es, die aus dem Haus gingen, die Einkäufe erledigten. Auf dem Weg zur Arbeit hielten sie vor Eisenwarengeschäften und kauften Schlösser und Alarmanlagen.

Und als es im Lauf des Tages noch wärmer wurde, quengelten Kinder hinter geschlossenen Türen. Warum kann ich nicht rausgehen, Mami? Ich will spielen. Du hast versprochen, daß ich heute schwimmen gehen darf, weißt du nicht mehr?

Aber Mami schloß sie ein. Sperrte sie ein hinter Türen, die gegen alle Besucher verbarrikadiert waren, sogar gegen den Postboten.

Die Mittagssonne stand hoch am Himmel, aber Los Angeles blieb zu Hause und hörte die neuesten Nachrichten – die keine Neuigkeiten brachten.

Im Polizeihauptquartier im West Valley, in Van Nuys, Hollywood, trafen die Laborberichte ein. Wieder nichts Neues.

Der Mörder war vorsichtig genug gewesen, keine Fingerabdrücke zu hinterlassen. Er hatte Handschuhe getragen. Das Apartment von Dorothy Anderson und Doktor Griswolds Wagen brachten keine neuen Anhaltspunkte, und im Sanatorium waren ebenfalls keinerlei Hinweise gefunden worden, obwohl ein Team noch dort arbeitete. Aber bis jetzt gab es absolut nichts, was hätte weiterführen können – es hatte auch niemand angerufen, um freiwillig Informationen beizusteuern.

»Nur die üblichen Anrufe von Spinnern«, berichtete Lieutenant Barringer Doktor Vicente. Er trank seinen letzten Schluck Kaffee und starrte nachdenklich in die Tasse. »Warum machen die das, Doktor? Warum muß jeder Verrückte in dieser Stadt bei so einem Ereignis zum Telefonhörer greifen – falsche Geständnisse, blödsinnige Berichte von Typen, die sich unter dem Bett verstecken, alte Klatschbasen, die einem ihre Träume erzählen?«

»Wenn man an einen Nerv rührt, bekommt man eine Reaktion«, sagte Vicente. »Die Reaktion auf Gewalt ist gewöhnlich sehr vehement, aber es gibt ein breites Spektrum von Formen, die sie annehmen kann. Viele Leute neigen dazu, ihre Schuldgefühle zu dramatisieren und ihre Ängste in Fantastereien umzusetzen.«

»Sparen Sie sich Ihre Lektion für Ihre Vorlesungen an der Uni«, erwiderte Barringer. Er schüttelte den Kopf und gähnte herzhaft. »Ich gehe jetzt schlafen.«

Doktor Vicente zögerte. »Da ist noch etwas, was ich Ihnen sagen wollte, bevor Sie sich abmelden.«

»Immer los.«

»Ich habe heute vormittag Sawtelle angerufen. Die Veteranen-Zentrale hat eine Akte Bruce Raymond.«

»Was, eine Patientenakte?«

»Nicht direkt, aber seine Entlassung hatte schon medizinische Gründe. Auf alle Fälle stand er unter psychiatrischer Beobachtung, bevor er aus dem Militärdienst entlassen wurde. Mehr wollten sie mir am Telefon nicht sagen. Wir bekommen aber bis heute nachmittag eine Kopie der Unterlagen.«

»Gut.«

»Ist es das?« Doktor Vicentes Blick war nachdenklich. »Ich habe keine Ahnung, was da drinstehen wird, aber eins ist schon jetzt klar. Was auch immer mit Bruce Raymond nicht stimmte, er wurde nicht völlig davon geheilt. Und deshalb ist er in Doktor Griswolds Klinik gegangen.«

»Damit sagen Sie mir nichts Neues«, meinte Barringer.

Doktor Vicentes Augen verengten sich. »Und obwohl Sie das wußten, ließen Sie Mrs. Raymond nach Hause gehen?«

»Mit einer Rund-um-die-Uhr-Bewachung.«

»Ihr Mann könnte gefährlich sein.«

»Wir haben schon ihr Telefon angezapft. Sollte er versuchen, sie direkt zu kontakten, dann wartet ein guter Mann auf ihn.«

»Sie hoffen geradezu, daß er dort auftaucht, stimmt's? Deshalb haben Sie sie gehen lassen – um sie als Köder zu benutzen.«

»Kein Kommentar.«

»Ich werde ihn einen geben. Ich glaube, daß das ein verdammtes Risiko ist.«

»Sie wollte es so, erinnern Sie sich? Und wir geben ihr jeden nur erdenklichen Schutz.«

»Wenn Sie sie wirklich schützen wollten, hätten Sie sie hierbehalten.«

»Ach, Doktor, lassen Sie mich in Frieden.« Barringer stand auf. »Natürlich wäre es sicherer, wenn ich sie hierbehalten hätte, aber das ist nur die eine Seite der Medaille. Da draußen sind drei Millionen andere Menschen, deren Telefon nicht abgehört wird und die keine Leibwache haben, die überhaupt keine Sicherheit haben. Auch die müssen beschützt werden, und keiner von ihnen ist sicher, bis wir den hinter Schloß und Riegel haben, der für diese Morde verantwortlich ist.«

Doktor Vicente zuckte die Achseln. »Sie reden, als seien Sie der einzige Verantwortliche in dem Fall. Wie viele Männer sind denn insgesamt mit uns im Einsatz? Es müssen doch Hunderte sein ...«

»Und für keinen von ihnen gibt es auch nur einen einzigen verdammten Hinweis, mit dem etwas anzufangen wäre.« Barringer schüttelte den Kopf. »Ich bin ganz Ihrer Ansicht. Es ist ein höllisches Risiko, das Mädchen frei rumlaufen zu lassen. Aber es kann uns zu Bruce Raymond oder einem der anderen Verdächtigen führen. Es ist ein Risiko, das wir einfach eingehen müssen.«

»Also gut.« Doktor Vicente begleitete Barringer zur Tür. »Ruhen Sie sich ein bißchen aus.«

»Das werde ich tun«, sagte Barringer.

Und er tat es auch.

Karen saß in ihrem Apartment, dic Klimaanlage summte, und sie starrte abwechselnd auf das Telefon und auf Tom Doyle.

Das Telefon war schwarz und breit und still.

Tom Doyle war weiß und lang und still.

Das Telefon stand auf dem Beistelltisch. Tom Doyle saß auf dem Sofa. Aber in der letzten Stunde war er fast ebensosehr zu einem Gegenstand geworden wie das Telefon, einfach eine weitere Dauereinrichtung.

Gut, sie hatte es so gewollt, sagte sich Karen. Es gab keinen Grund, ihn oder seine Abwesenheit abzulehnen. Aber ihr war nicht klargewesen, daß jemand ihr so dicht auf der Pelle sitzen würde. Er ist da, um dich zu schützen, das ist sein Job, also sei vernünftig.

Leichter gesagt als getan. Doyle las in einer Zeitschrift, und Karen maß ihn von der Seite mit Blicken. Groß und schlacksig mit sandfarbenem Haar und einem blassen, sommersprossigen Gesicht. Ungefähr Mitte Dreißig. Grauer Sommeranzug, mäßig breite Revers. Grau-weiß gestreiftes Hemd, blaßblaue Krawatte. Konservativ. Er sah nicht aus wie ein Polizist.

Karen rief sich selbst zur Ordnung und runzelte die Stirn. Wie soll ein Polizist denn aussehen? Wahrscheinlich hatte sie zu viele Fernsehfilme gesehen. All diese Serien, in denen ältere, knorrige Ex-Hauptdarsteller die Kopfarbeit machten, während der grinsende Junge – ehemaliger Tankwart oder so was – die Muskeln spielen ließ und zu dröhnender Rockmusik in seinem Sportwagen die Straßen von San Franzisco rauf- und runterraste.

Doyle fuhr keinen Sportwagen, und hier dröhnte auch keine Rockmusik – es gab nur das Summen der Klimaanlage. Aber er war Polizist. Sobald sie in die Wohnung gekommen waren, hatte er das Schloß überprüft, um zu sehen, ob jemand versucht hatte, es aufzubrechen. Dann hatte er das ganze Apartment durchkämmt, den Revolver im Anschlag, immer sichergehend, daß sie aus der Schußlinie blieb, während er Schranktüren öffnete und Fenster untersuchte. Das im Bad war ein Stück hochgeschoben, und hätte sie nicht versichert, daß sie es gestern früh, bevor sie zur Arbeit ging, offengelassen hatte, dann hätte er wahrscheinlich auf der Stelle Barringer angerufen und dafür gesorgt, daß sie zurück auf die Wache gebracht wurde. Er war schon ein Polizist, kein Zweifel.

Karen rutschte auf ihrem Stuhl herum, ihr linker Fuß tippte gegen die Querstreben wie ein nervöses Metronom.

Doyle sah auf. »Sie müssen mir nicht Gesellschaft leisten, Mrs. Raymond. Wenn Sie sich etwas ausruhen möchten ...«

»Ich könnte doch nicht schlafen.« Karen wich seinem Blick aus und konzentrierte sich auf das Telefon. Bruce, ich weiß, daß du irgendwo da draußen bist. Warum rufst du denn um Gottes Willen nicht an?

»Keine Sorge, ich werde das Telefon nicht anrühren. Wenn es klingelt, während Sie schlafen, wecke ich Sie. Dann können Sie selbst drangehen«, sagte Doyle mit sanfter Stimme.

Er war tatsächlich Polizist. Oder lag es nur daran, daß ihr Verhalten so leicht durchschaubar war?

Karen stand auf und zwang sich zu einem Lächeln. »Danke. Vielleicht lege ich mich doch ein paar Minuten hin.« Sie ging zur Schlafzimmertür.

»Mrs. Raymond.«

»Ja?«

»Machen Sie die Tür lieber nicht zu.«

Karen trat in ihr Schlafzimmer. Die Tür nicht zumachen. Großartig! Und wenn sie mal auf die Toilette wollte?

Genau das tat sie. Sie ging quer durchs Zimmer ins Bad und ließ die Tür angelehnt. Zumindest konnte er sie von seinem Platz aus nicht sehen – es sei denn, er kam hinterher. Das war ja schlimmer als Gefängnis. Jetzt konnte sie verstehen, wie Bruce in der Klinik zumute gewesen sein mußte. Ständig unter Aufsicht. Bruce, wo bist du? Ich weiß, daß du hier warst.

Sie wußte es, weil sie vorhin gelogen hatte. Das Fenster im Bad war geschlossen gewesen, als sie gestern früh aus dem Haus ging – geschlossen und verriegelt.

Jetzt schlich sie leise und vorsichtig hin, ihre Aufmerksamkeit voll auf eventuelle Geräusche aus dem Wohnzimmer gerichtet, die angezeigt hätten, daß Doyle aufgestanden war. Behutsam zog sie das Fenster bis zu dem Verriegelungsmechanismus mit den verräterischen, parallell verlaufenden Kratzern herunter, die durch die überstrichene Oberfläche das Metall hervorblitzen ließen. Der Riegel war von außen aufgebrochen worden.

Beim Anblick des halbgeöffneten Fensters hatte Karen es sofort gewußt: Bruce war hiergewesen. Sie ging nie weg, ohne vorher nachzusehen, ob alles zu war. Und wenn sie nicht die Geistesgegenwart besessen hätte, Doyle zu sagen, sie habe das Fenster offengelassen, wenn sie ihn nicht sofort abgelenkt hätte, dann hätte er getan, was sie jetzt tat, und die Bestätigung gehabt.

Karen holte tief Luft. Bestätigung wofür? Daß Bruce dagewesen war?

Ja, das war vorhin ihr erster Gedanke gewesen. Deshalb hatte sie Doyle angelogen.

Aber jetzt, angesichts des aufgebrochenen Riegels, mußte sie sich eingestehen, daß sie nicht mehr so sicher war. Schließlich hatte Bruce einen eigenen Schlüssel zur Wohnung. Außer, er hatte ihn nicht bei sich gehabt. Konnte ja sein, daß Griswold die persönlichen Sachen seiner Patienten irgendwo verwahrte, und Bruce keine Gelegenheit gehabt hatte, seinen Schlüssel zu finden, bevor er die Klinik verließ. Aber trotzdem, wäre er das Risiko eingegangen, sich auf diese Weise Zutritt zu verschaffen?

Der Mörder von Dorothy Anderson war durchs Badezimmerfenster gekommen ...

Vielleicht hatte gar nicht Bruce den Riegel aufgebrochen? Angenommen, es war der Mörder gewesen?

Karen drehte sich um. Besser, wenn sie es Doyle erzählte.

Oder doch nicht? Sie hielt inne und blieb vor dem Spiegel im Bad stehen.

Sie konnte es Doyle nicht sagen; damit gab sie zu, daß sie bewußt gelogen hatte, und wenn er das erfuhr, schleifte er sie ins Hauptquartier – da mußte sie dann sitzen, hinter Gittern, ohne die Möglichkeit, mit Bruce Verbindung herzustellen, ohne zu wissen, was draußen vorging, ohne Bruce die Gelegenheit geben zu können, mit ihr Kontakt aufzunehmen.

Aber was, wenn er Kontakt aufnahm?

Und wenn es doch Bruce gewesen war, der zu ihr wollte – zu ihr wollte, um sie zu töten?

Nein, das würde Bruce nicht tun.

Oder doch?

Karen sah sich selbst mit weitaufgerissenen Augen im Spiegel.

Würde er?

Das war die Kernfrage – die Frage, der sie die ganze Zeit ausgewichen war. Aber sie mußte sich ihr stellen – hier und jetzt. Sie mußte der Sache ins Auge sehen, so wie sie sich im blanken Glas des Spiegels selbst ins Auge sah.

Nach allem, was geschehen war, und dem, was sie über Bruce wußte – glaubte sie, daß er schuldig war?

Langsam ging Karen zurück und schob das Fenster in seine vorherige Position. Damit war das entschieden; Doyle würde nicht merken, was passiert war. Aber ihre Frage war damit noch nicht beantwortet.

War Bruce schuldig?

Sie wußte es nicht.

Und nun, als sie durch das offene Fenster in die leere

Gasse zwischen den Häusern hinunterschaute, hatte sie plötzlich Angst, es herauszufinden.

10

Keine Nachricht ist gute Nachricht – allerdings nicht für einen Reporter.

In der Pressekonferenz am Nachmittag gab der Sprecher der Polizeibehörde keine offizielle Erklärung ab, ebensowenig äußerte sich das Büro des zuständigen Sheriffs zu den Ereignissen. Lieutenant Barringer war nicht erreichbar – er hatte sich irgendwohin zurückgezogen, um dringend benötigten Schlaf nachzuholen –, und Captain Runsvick, der die Mordkommission vertrat, hatte außer guten Ratschlägen nichts anzubieten.

»Spielen Sie die Geschichte etwas herunter«, sagte er. »Natürlich bekommen wir eine Menge Anrufe, und wir werden jedem einzelnen nachgehen. Sobald wir etwas Konkretes in der Hand haben, informieren wir Sie. Aber bis dahin hat es keinen Sinn, Gerüchte in die Welt zu setzen.«

Ein paar Blocks weiter, in der Sutherland Werbeagentur, erging es der Presse nicht viel besser. Ed Haskane war zwar bereit zu reden, aber er hatte nichts zu sagen. Ja, er sei Karens Chef, aber ihren Ehemann habe er nie kennengelernt. Nein, sie habe nie über ihn gesprochen, nur, als er aus der Armee entlassen wurde, da sei sie vor Freude ganz aufgeregt gewesen. Danach habe er selbstverständlich angenommen, nun sei alles in Ordnung. Er sei erschüttert gewesen, als er gehört habe, daß Bruce Raymond in einer Nervenklinik sei. Was Mrs. Raymond für ein Mensch sei? Ein sehr intelligentes Mädchen, das gute Texte schreiben könne. Das mochte ja alles stimmen, aber für einen Sensationsbericht gab es nicht viel her.

Im Laufe des Nachmittags war es Tom Doyles Aufgabe, all die Möchtegerninterviewer an Karens Apartmenttür abzuwimmeln. Sie mußten mit den Nachbarn vorliebnehmen, doch die konnten ihnen auch nicht viel sagen. Nur einige Frauen am Swimmingpool unten konnten sich überhaupt erinnern, Bruce Raymond je gesehen zu haben, und keine von ihnen hatte während seines kurzen Hierseins vor über sechs Monaten tatsächlich mit ihm gesprochen. Ganz offensichtlich galt Karen als Einzelgängerin; sie hatte keine Freunde im Haus, und auch am Pool war sie nie erschienen. Als Bruce nicht mehr gekommen war, hatten die meisten Mitbewohner seine Abwesenheit nicht einmal bemerkt. Die paar, denen es aufgefallen war, nahmen an, die beiden hätten sich getrennt oder scheiden lassen.

Am späten Nachmittag tauchte ein Fernsehteam vor Griswolds Sanatorium auf. Sie waren schon am Morgen heraufgefahren, allerdings nur, um feststellen zu müssen, daß überall ›Zutritt verboten‹ war. Die Situation hatte sich in der Zwischenzeit nicht geändert. Streifenwagen bewachten die Zugänge, und Sergeant Cole war damit beschäftigt, im Haus ein Ermittlungsteam zu leiten. Falls man neue Erkenntnisse gewonnen hatte, so war man jedenfalls noch nicht bereit, darüber etwas nach außen dringen zu lassen. Das Kamerateam hatte schon am Vormittag Außenaufnahmen gemacht und es schien nicht sehr sinnvoll, noch mehr zu drehen. Man hatte ein paar Szenen mit langhaarigen Einheimischen im Kasten, aber da die Beobachtungen dieser Neugierigen sich hauptsächlich in undeutlich gemurmelten Bemerkungen über Bullen, Polente und ähnlichem niederschlugen, erwies sich das ganze Unternehmen als Zeit- und Filmverschwendung.

Es war schon dämmrig, als das Fernsehteam auf dem Rückweg in die Stadt bei *Raymonds Charter Service* haltmachte. Aber auch hier hatten sie kein Glück. Einsatzwagen der Polizei standen vor dem Eingang, und ein Uniformierter verwehrte ihnen höflich den Zutritt. Im Übertragungswagen der Fernsehleute gab es einiges Hin und Her über die Frage, ob es ratsam sei, noch ein bißchen herumzuhängen und zu warten, bis die Polizei abzog, aber es war schon recht spät und die Zehn-Uhr-Nachrichten warteten nicht. Sie würden es nicht schaffen, ihren Bericht rechtzeitig unters Volk zu bringen.

Drinnen schaute Rita Raymond gerade in dem Moment aus dem Fenster, als der Wagen des Fernsehens davonfuhr. Sie sagte nichts dazu; sie bemühte sich überhaupt, so wenig wie möglich zu sagen.

Aber das war nicht so einfach, nicht wenn Sergeant Galpert die Fragen stellte. Sie mochte den Sergeanten nicht sonderlich; er hatte die Zähigkeit eines Terriers, der seinen Knochen bewacht.

»Und sie sind ganz sicher, daß Ihr Bruder nicht versucht hat, mit Ihnen Kontakt aufzunehmen?«

»Möglich, daß er es versucht hat. Ich weiß lediglich, daß es ihm nicht gelungen ist.«

Galpert runzelte die Stirn. »Heißt das, er war vielleicht hier?«

»Ich habe ihn jedenfalls nicht gesehen.« Rita zündete sich eine Zigarette an, während sie erneut aus dem Fenster sah. »Und Ihre Leute offensichtlich auch nicht.« Rita blies Rauch in die Luft, und der Ventilator hinter ihr zerteilte ihn in ein netzartiges Fantasiegebilde. »Sagen Sie, Sergeant, ist es nicht üblich, bei einer solchen Untersuchung einen Durchsuchungsbefehl mitzubringen?«

Galpert machte ein Gesicht, als wolle er gleich losknurren, weil sie versuchte, ihm seinen Knochen wegzunehmen. »Sie haben uns freiwillig hereingelassen. Aber natürlich, wenn Sie auf Formalitäten bestehen ...«

»Ich bestehe auf gar nichts.« Rita rief sich selbst zur Ordnung. Jede Feindseligkeit würde nur Bellen und Schnappen provozieren. »Glauben Sie mir, ich möchte genauso gern wissen, wo Bruce ist, wie Sie. Aber wie ich Ihnen schon sagte, er hat sich bei mir nicht gemeldet.«

»Wann haben Sie Ihren Bruder zuletzt gesehen«?

»Er war seit dem letzten Winter in der Klinik – das wissen Sie ja wohl.«

Galpert nickte rasch. »Und dort haben Sie ihn besucht.«

»Wer hat Ihnen das gesagt?«

»Ihre Schwägerin.«

Rita unterdrückte eine Grimasse. Natürlich hatte Karen ihm davon erzählt, das hätte sie sich denken können. Es hatte also keinen Sinn, damit hinter dem Berg zu halten.

»Wann haben Sie Ihren Bruder zuletzt gesehen?« wiederholte Galpert.

»Am Donnerstag nachmittag. Ich bin nie an den Wochenenden hingefahren, da ist hier zu viel zu tun.«

»Letzten Donnerstag nachmittag also.« Galpert beugte sich vor; der Terrier hatte seinen Knochen jetzt fest zwischen den Zähnen und dachte nicht daran, ihn loszulassen. »Was war da?«

»Nichts.« Rita drückte ihre Zigarette aus. »Es war ein schöner Tag. Wir machten einen Spaziergang im Park des Sanatoriums.«

»Nur Sie beide? Ohne Aufsicht?«

»Das war nicht nötig. Es ging ihm seit einigen Monaten ausgezeichnet.«

»Und davor?«

Rita zögerte. »Davor trafen wir uns in seinem Zimmer.« Sie schüttelte den Kopf. »Hören Sie, wenn Sie versuchen wollen, mich dazu zu bringen, daß ich sage, er sei gestört gewesen ...«

»War es denn so?«

»Anfangs sicher. Deshalb war er ja dort. Aber er war nie gewalttätig oder unberechenbar wie einige andere – nicht mal zu Beginn.«

Galpert war mit dem Knochen allein nicht zufrieden, er wollte auch das Mark. »Und diese anderen Patienten – haben Sie die gesehen?«

»Nein, nie. Doktor Griswold legte großen Wert darauf, daß die Privatsphäre seiner Patienten geschützt blieb.«

»Woher wollen Sie dann wissen, daß einige gewalttätig oder unberechenbar waren?«

»Das hat Bruce mir erzählt. Nicht alle, aber ein paar.«

»Wer zum Beispiel?«

Ritas Stirn schlug Falten. »Ich versuche mich zu erinnern, ob er je einen Namen erwähnte.«

»Denken Sie nach.«

»Also, da war einer, von dem er vor einigen Monaten mal erzählte. Er war gerade angekommen, um einen Entzug zu machen.«

»Alkoholiker?«

»Ja. Bruce erwähnte ihn wegen der Art und Weise, wie

er seine Geschäfte führte. Er hatte etwas mit Immobilien zu tun.«

»Hier in der Stadt?«

»Irgendwo in Los Angeles. Culver City, die Gegend, glaube ich.«

»Wie heißt er?«

»Bruce hat den Namen mal genannt, aber ich habe ihn vergessen ...«

»Was hat er sonst noch über den Mann gesagt?«

»Daß er einen neuen Dreh gefunden hatte, wie man billig an Grundstücke und Häuser kommt. Aber Sie wollen sicher nichts über Immobiliengeschäfte hören ...«

»Erzählen Sie weiter.«

»Also, angenommen, Sie haben ein Haus zu verkaufen und gehen mit ihren Preisvorstellungen zu diesem Mann. Dann verspricht er Ihnen, sofort aktiv zu werden, wenn Sie ihm eine Exklusivoption einräumen – und bald gibt er Ihnen dann ein Beispiel für seine Aktivität. Ein oder zwei Tage später erscheint er mit einem Ehepaar bei Ihnen, einem netten, mittelalten Paar mit nagelneuem Auto; ganz offensichtlich respektable und verantwortungsbewußte Leute. Sie sehen sich Ihr Haus an, und die Frau sagt, wie sehr es ihr gefällt, und die Lage ist auch genau, wie sie sie suchen. Der Mann aber nörgelt nur herum. Haben Sie beispielsweise einen Swimmingpool, dann will er keinen, haben Sie keinen, dann bemängelt er das Fehlen. Die Garage ist ihm nicht groß genug, bei der Installation legt er Wert auf Kupferrohre, die Sie nicht haben, lauter solche Dinge. Und wenn er dann endlich mit all seinen Einwänden fertig ist, bietet er Ihnen einen Preis, der erheblich unter dem liegt, der Ihnen vorschwebte – eine lächerliche Summe.

Sie sagen natürlich nein, und die Leute gehen wieder. Ihr Makler meint, Sie sollten sich keine Sorgen machen, er habe noch jede Menge anderer Interessenten.

Klar, nach ein paar Tagen steht er dann mit einem anderen Ehepaar vor Ihrer Tür. Die fahren ein etwas älteres Auto und sehen auch selbst etwas schäbiger aus. Dafür haben sie nicht das Geringste auszusetzen. Der Mann schwärmt, das sei genau das Haus, das sie sich erträumt hätten, nur gäbe es da ein kleines Finanzierungsproblem – er habe seinen Job in der Flugzeugindustrie verloren, und wenn man ins Geschäft kommen wolle, müßten Sie ihm eine zweite Hypothek zu einem niedrigeren Zinssatz ermöglichen.

Auch nach diesem Besuch versichert Ihnen der Makler, es sei noch nicht aller Tage Abend, und bittet Sie, Geduld zu haben. Nach ungefähr einer Woche taucht er dann mit einem neuen Paar auf. Chicanos vielleicht oder Schwarze mit mehreren Kleinkindern. Und das haut Sie um. Nicht aus rassistischen Gründen, sondern weil sich herausstellt, daß diese Leute das Haus gar nicht kaufen wollen, sondern nur an einem Mietverhältnis mit monatlicher Kündigungsfrist interessiert sind.

Zu dem Zeitpunkt sind Sie schon etwas entmutigt, und Ihr Makler setzt noch einen obendrauf, indem er zugibt, daß der Markt momentan vielleicht ein bißchen ungünstig ist. Aber trotz allem würden doch Häuser verkauft, und er sei sicher, einen Käufer auftreiben zu können –, vielleicht sollten Sie aber doch Ihre Preisvorstellung auf eine etwas realistischere Basis herunterschrauben. Das würde ihm vielleicht ein Argument liefern, aber schließlich habe er ja immer noch die Exklusivoption über neunzig Tage und von dieser Zeit sei erst die Hälfte um. Sie sollten also einfach noch abwarten und Geduld haben, bis er neue potentielle Käufer aufgetan habe.

Und dann läßt er sie noch ein paar Wochen schmoren. Wenn Sie ihn anrufen, beruhigt er Sie, er täte sein Bestes. Und schließlich schleppt er wieder ein Ehepaar an. Ein junges Paar diesmal – mit einem Minibus, langen Haaren und allem, was dazugehört. Und die verklickern Ihnen dann, daß der Schuppen super sei, Mann, nur, sie hätten nicht die Mäuse und wie es denn wäre, wenn sie so lange hier nach dem Rechten sehen würden, bis sich ein Käufer findet.

Nachdem sie sich endlich verzogen haben, sitzen Sie wieder da und warten – und warten – und warten. Und jedes Mal, wenn Sie Ihren Makler anrufen, ist der gerade unterwegs, und Ihrer Bitte um Rückruf kommt er nie nach. Bis er eines Tages mit einem dieser cleveren Managertypen und dessen Frau zur Besichtigung anrückt. Die sehen sich kommentarlos überall um. Der Mann fragt schließlich nach dem Kaufpreis, und Sie nennen ihn – vielleicht sogar schon etwas niedriger, als ursprünglich vorgesehen. Er verliert kein Wort darüber – sieht nur seine Frau an. Dann drehen die beiden sich um und gehen.

Danach warten Sie wieder. Vielleicht ein Monat vergeht und Sie hören gar nichts. Bis Sie dann endlich einen Anruf von dem Mann des ersten Ehepaars bekommen, dem netten mit dem neuen Auto. Er und seine Frau hätten es sich überlegt, und wenn Ihr Haus immer noch zum Verkauf stünde, dann seien sie bereit, den anfangs gebotenen Preis auch jetzt noch zu zahlen – bar auf den Tisch.

Es ist ziemlich wahrscheinlich, daß Sie, wenn Sie wirklich verkaufen müssen, ja sagen. Natürlich kommt Ihr

Makler dann nochmal mit den Leuten zu Ihnen, die Verträge werden unterzeichnet, und die Sache geht zu einem Treuhänder. Sie sind Ihr Haus zu dem lächerlich niedrigen Preis los, den Sie eigentlich nicht akzeptieren wollten.

Was Sie nie erfahren, ist, daß Sie Ihr Haus an den Makler verkauft haben. Denn das nette Ehepaar sind seine Angestellten. Und die anderen – das etwas heruntergekommene Paar, die Schwarzen, die jungen Leute, der Managertyp – das waren Schauspieler.«

»Schauspieler?«

»Genau. Professionelle Schauspieler, angeheuert für ein Tageshonorar, um die Rollen der potentiellen Käufer zu übernehmen. Die ganze Geschichte ist ein Schauspiel, das er inszeniert hat, um Grundbesitz zu einem Bruchteil des Marktpreises aufzukaufen – nur, um ihn dann mit dickem Profit weiterzuveräußern.« Rita schüttelte den Kopf. »Wie finden Sie das? Kein Wunder, daß er reich wurde.«

»Wer?«

»Lynch.«

Galpert warf ihr einen Blick zu. »So heißt er – sind Sie ganz sicher?«

Rita wehrte ab. »Nein, nicht Lynch. Er heißt Lorch. Ja, Jack Lorch.«

Galpert lächelte ihr zu. Dann nahm er seinen Knochen und ging.

Rita stand an der Tür und sah zu, wie er wegfuhr. Kurz darauf wandte sie sich um und ging in ihr Büro zurück.

Sehr leise, sehr vorsichtig kam Bruce Raymond aus seinem Versteck im Cockpit einer Maschine, die draußen vor dem Schuppen festgemacht war.

Dann machte er sich auf in die Nacht.

11

Jack Lorch ging langsam die Straße entlang. Langsam, weil ihm die Füße wehtaten und weil es besser war, nicht zu rennen.

Es kam ihm vor, als sei er schon ewig gelaufen. Kaum vorstellbar, daß weniger als vierundzwanzig Stunden vergangen waren, seit ...

Aber *darüber* wollte er lieber nicht nachdenken.

Er wollte nicht darüber nachdenken, wie es gewesen war, als sie das Sanatorium verlassen hatten, auch nicht über die Fahrt in Griswolds Wagen oder darüber, was passiert war, nachdem der Wagen in dieser dunklen Sackgasse in Sherman Oaks gehalten hatte.

Sackgasse. Auch darüber hatte er keine Lust, nachzudenken. Das Wichtigste war, daß er es geschafft hatte, wegzukommen – rennend zuerst, dann immer langsamer werdend, als ihm klar wurde, daß er frei war.

Frei?

Lorch verzog das Gesicht. Was für eine Freiheit gibt es denn für einen, der auf der Flucht vor dem verlängerten Arm der Gerechtigkeit ist? Oder besser: vor der Ungerechtigkeit. Die gesamte verdammte Polente suchte ihn. In ihren Augen – diesen kalten Obrigkeitsaugen – war er ein ausgebrochener Geisteskranker und Mordverdächtiger.

Lorch blieb unter einer Straßenlampe auf dem Washington Boulevard stehen und starrte in das Schaufenster einer Eisenwarenhandlung. Er studierte sorgfältig sein Spiegelbild und überlegte dabei, wie er wohl auf einen Polizisten wirken mochte, sollte ihn einer entdecken.

Ein Mann mittleren Alters im dunkelblauen Anzug.

Das ging ja noch, zumal der Stoff durch die Nacht unter den Büschen am Straßenrand nicht allzusehr zerknautscht war.

Sein Gesicht war aufgedunsen und verschwollen, und er mußte sich rasieren, aber auch das war noch kein Verbrechen – noch nicht. Es liefen viele Männer mittleren Alters herum, die eine Rasur nötig hatten. Und sein Anzug sah recht respektabel aus, auch wenn er keine Krawatte trug.

Das Dumme war, daß er sich nicht ausweisen konnte. »Darf ich Ihren Führerschein sehen, bitte.« Danach fragten sie einen immer zuerst. Und wenn man keinen hatte, war man geliefert. Was konnte man dem Richter sagen? »Euer Ehren, ich bin unschuldig aufgrund der Tatsache, daß ich zu Fuß gehe!«

Gut, gut, er übertrieb. Sie würden sich auch mit Kreditkarten begnügen. Mit der Sozialversicherungsnummer. Aber nicht mal die hatte er bei sich. Nicht, daß er keinen Kredit mehr gehabt hätte; zum Teufel, ihm gehörte immer noch die Firma, Geld kam immer noch herein, sogar in die Klinik hatte er regelmäßig Berichte von seinem Buchhalter bekommen. Blix war ein gerissener Fuchs, der die Geschäfte im Auge behielt.

Aber wahrscheinlich war Blix etwas zu gerissen. Hätte Lorch seinem ersten Impuls nachgegeben und sich an ihn um Hilfe gewandt, der Schweinehund hätte ihn ohne mit der Wimper zu zucken den Wölfen zum Fraß vorgeworfen. Glücklicherweise hatte er die Vernunft besessen, daran zu denken, und war nicht hingegangen.

Nein, er hatte nicht versucht, mit Blix Kontakt aufzunehmen. Er hatte den Tag damit verbracht, zu laufen – unterbrochen nur von Pausen in den kleinen Parkanlagen längs des Weges.

Er hatte nie geahnt, wie weit es vom Valley nach Culver City war, besonders dann, wenn man alle Steigungen zu Fuß bewältigen mußte. Kein Wunder, daß es kaum mehr Fußgänger gibt. Die Sonne brät den Saft aus einem heraus, und wenn es endlich bergab geht, der Stadt entgegen, ist man müde und hungrig, und die Kehle ist knochentrocken.

Das war es, was ihn antrieb – seine Kehle. Lorch wandte sich von der Schaufensterscheibe ab und ging weiter.

Es war wenig Verkehr, jedenfalls wenig für die frühe Abendstunde. Vielleicht hatten alle beschlossen, heute zu Hause zu bleiben – der letzten Ereignisse wegen. Nun, er konnte es den Leuten nicht verdenken. Aber was auch immer sie gelesen oder gehört haben mochten, nichts konnte auch nur annähernd die Schrecken der Realität erreichen. Der Gesichtsausdruck der Krankenschwester, als sich das Telefonkabel um ihren Hals zuzog, Griswolds weibisches Gekreisch und der Gestank, als der Strom voll aufgedreht war ...

Doch daran durfte er jetzt nicht denken. Er mußte weiter. Nur noch ein paar Häuserblocks. Seine Füße brannten, seine Kehle brannte, aber er lief weiter.

Nichts als Geschäftshäuser in dieser Gegend hier, keine Wohnblocks, und das war gut so. Wer ihn hätte erkennen können, war jetzt weg, hatte das Geschäft über Nacht geschlossen. Lorch überquerte die Straße. Noch ein Block und er war zu Hause. Was ihn anging, so betrachtete er sein Maklerbüro als sein Zuhause. In seine Wohnung konnte er auf keinen Fall gehen, die wurde garantiert überwacht. Im Büro dagegen war er um diese Tageszeit wahrscheinlich sicher. Er hoffte es wenigstens, denn viel weiter schaffte er es nicht mehr.

Bargeld war bestimmt da, ein Rasierapparat und Sachen zum Wechseln ebenso. Vielleicht sogar ein Paar andere Schuhe, obwohl er sich da nicht sicher war. Aber wenn er erst einmal Geld in der Tasche hatte, konnte er auch Pläne schmieden.

Planen, das war seine Stärke. War sie immer gewesen. Wenn man im Waisenhaus aufwächst, lernt man, für sich selbst zu sorgen. Und wenn man da rauskommt, weiß man, wie man sich ohne fremde Hilfe im Leben zurechtfindet. Auf die brutalste Weise hat man erfahren, daß man keine Eltern braucht, warum sich dann also mit Freunden belasten? Es war ein weiter Weg gewesen vom Waisenhaus bis zu Lorch Immobilien, und er hatte diesen Weg allein gemacht. Planung hatte ihm dabei geholfen. Durch Planung hatte er es geschafft, die Steuerbehörde und den Bund der Immobilienmakler ebenso auszutricksen, wie alle die anderen Fatzkes, die versuchten, ihn aufzuhalten. Kakeln und makeln – das war das Geheimnis. Man muß diesen Trotteln nur sagen, was sie hören wollen, dann kann man ihnen auch verkaufen, was sie nicht haben wollen. Nur deshalb hatte er es schließlich zu seiner eigenen Firma gebracht, dem neuen Cadillac jedes Jahr, den Hemden mit Monogramm, hatte sich die Vierzig-Dollar-Haarschnitte leisten können und alles andere. Irgendwo unterwegs hatte er sich sein kleines Alkoholproblem eingefangen, aber auch das hatte er unter Kontrolle. Niemand hatte ihn ins Sanatorium geschickt, diesen Schritt hatte er sich selbst ausgedacht. Und es zahlte sich aus. Pläne zahlen sich immer aus.

Lorch ging weiter die Straße hinunter. Am Ende der Häuserzeile lag sein Büro. Auf halbem Weg kam er an der Spirituosenhandlung vorbei.

Komisch, vor ein paar Monaten war die noch nicht hier gewesen. Das war Schermerhorns Grundstück, oder? In dem Haus war früher ein Fahrradgeschäft gewesen, dann hatte es lange leergestanden. Seinen Versuch, von Schermerhorn eine Option darauf zu bekommen, hatte der alte Geizkragen abgewimmelt – lohnt nicht die Gebühren – und die Vermietung selbst in die Hand genommen. MORTLAKE SPIRITUOSEN stand in roter Neonschrift quer über dem Eingang.

Lorch hielt an und schaute an den Attrappen im Schaufenster vorbei ins hellerleuchtete Innere. Regale mit Drittelliterflaschen, Tresen mit Viertelliterflaschen, Wände, gepflastert mit Literflaschen, Unmengen Halbliterflaschen, Pyramiden mit Anderthalbliterflaschen.

Das gleißende Licht wurde von Zehntausenden von Glasbehältern reflektiert. Es strahlte von Rum wider, glitzerte auf Gin, machte Wodkaklarheit lebendig. Alle Farben des Regenbogens stürzten auf Lorchs Sehnerv ein, und wieder fühlte er das Brennen in der Kehle.

Das kommt von vierundzwanzig Stunden ohne Essen. Vierundzwanzig Stunden ohne Essen und zweieinhalb Monate ohne Drink.

Lorch sah den Inhaber hinter seinem Tisch bei der Kasse sitzen. Ein kleiner alter Mann im kurzärmeligen Hemd, das über seinen Spitzbauch hing. Man mußte nicht zweimal hinsehen, um zu wissen, daß er beim Gehen schlurfte. Wenn Lorch durch die Tür schlüpfte, eine Flasche vom nächsten Regal schnappte und wieder verschwand, käme er nicht mal zum Aufstehen. Es wäre ganz einfach.

Außer natürlich, der Alte hätte ein Schießeisen unter dem Ladentisch. Oder es käme zufällig gerade in dem

Moment, in dem er hinauswollte, ein Kunde. Auf jeden Fall würde der alte Mann Alarm schlagen, und er mußte rennen.

Nein, das war keine Lösung. Er hatte sich nicht zweieinhalb Monate herumgequält und die Hölle der letzten Nacht durchgestanden, nur um jetzt die Beine unter den Arm nehmen zu müssen. Nicht, wenn er so kurz vor dem Ziel war.

Ein paar Türen weiter, in seinem Büro, dort lag die Lösung. Die Lösung seines kleinen Alkoholproblems lag in dem Barschrank hinter seinem Schreibtisch. Kleines Problem, großer Barschrank. Griswold hatte gesagt, Whisky würde ihn umbringen, aber Griswold war ein Idiot.

Lorch wandte sich ab und beschleunigte seine Schritte. Nur nicht *zu* schnell jetzt. Bloß nicht die Übersicht verlieren, indem du deine Gedanken spazierengehen läßt. Nur, weil die Kehle brennt. Du mußt noch Pläne machen.

Er war jetzt auf gleicher Höhe mit dem etwas von der Straße zurückgesetzten, holzverkleideten Bungalow. Er bog in den Fußweg ein. Sinnlos, zum Vordereingang zu gehen; die Lichter waren ausgeschaltet, es war abgeschlossen, und das Schloß konnte er nicht aufbrechen – nicht hier, wo man ihn von der Straße aus sehen konnte.

Lorch schaute sich um. Kein Mensch in Sicht. Er ging außen herum, vorbei an dem hölzernen Firmenschild auf dem Rasen und in den Schatten dahinter. Dann stand er in der stillen Seitengasse. Es gab auch einen Hintereingang, doch die Mühe, es dort zu versuchen, machte er sich gar nicht erst. Die Tür war mit

Sicherheit auch abgeschlossen. Die größte Chance bot das Fenster.

Das Fenster war auf der anderen Seite des Hauses. Er ging langsam darauf zu und war sich dabei immer noch der Trockenheit in seinem Hals bewußt. Die Jalousien waren hochgezogen, und er konnte in sein dunkles Büro sehen. Die Umrisse des Schreibtischs waren auszumachen, nicht aber der Barschrank, der im Schatten lag. Er wußte aber, daß er da drin war, und alles, was ihn davon trennte war eine dünne Glasscheibe. Nichts leichter, als draußen in der Gasse einen Stein zu finden ...

Nein. Er mußte Pläne machen. Lorch schüttelte den Kopf und atmete tief durch. Zerbrechendes Glas machte zuviel Lärm. Wenn er etwas fände, um damit das Fenster aufzustemmen ...

Lorch streckte seine feuchten Handflächen aus, um den Fensterrahmen zu befühlen. Seine Hände zitterten jetzt, und er wußte, er mußte sich beeilen. Die Finger glitten vom Holz ab. Das Fenster ließ sich hochschieben.

Es ließ sich hochschieben! Es war nicht verschlossen!

Dieser gottverdammte Blix und seine Tüchtigkeit. Ein so gerissener Fuchs und dann zu blöd, das Fenster zu verriegeln! Na warte, wenn er den zwischen die Finger kriegte, dem würde er aber den Marsch blasen ...

Nur, er würde ihn gar nicht zwischen die Finger kriegen. Das war der Punkt. Niemanden sehen. Das Geld nehmen und gehen, nicht rennen.

Das Fenster glitt nach oben.

Jack Lorch umklammerte das Fensterbrett und hievte sich hoch. Schweißperlen standen ihm auf der Stirn, der Rosenkranz der Anstrengung. Einen Moment lang saß er schnaufend da, starrte suchend ins Dunkel der Gasse, lauschte angestrengt. Dunkelheit und Stille beruhigten ihn, und sein Atem ging wieder normal. Aber seine Kehle war trocken. So trocken ...

Über den Sims und hinein. Sein Schreibtisch war undeutlich zu erkennen. Es stand eine Lampe darauf, aber Lorch knipste sie nicht an. Zu riskant, außerdem brauchte er das Licht nicht. Er kannte jeden Quadratmeter in seinem Büro, jeden Quadratzentimeter. Er fand sich auch blind zurecht; der Barschrank stand genau fünf Schritte nach links an der Wand hinter dem Schreibtisch. Alle diese Kilometer, und jetzt waren es nur noch fünf kleine Schritte.

Lorch tastete sich an der Schreibtischkante entlang. Das Geld hatte er immer in der oberen rechten Schublade aufbewahrt. Etwas Kleingeld und ein paar Scheine für kleinere Barzahlungen lose obenauf. Für Schecks und größere Scheine gab es ein Metallkästchen. Verschlossen natürlich, aber der Schlüssel war immer da, unter der Schreibunterlage. Er konnte ihn jetzt sofort herausholen, das Kästchen aufschließen – die Kombination war 40 links, 57 rechts, 20 links – und das Geld in die Tasche stecken. Aber das hatte noch ein bißchen Zeit. Seine Tasche brannte ihm ja nicht.

Immer der Reihe nach, eins nach dem anderen. Erst der Drink und dann das Geld, dann die Pläne. Vielleicht vor den Plänen noch einen Schluck. So hatte er immer gearbeitet, hier, hinter seinem Schreibtisch: Sich bei einem Gläschen entspannt, während er den nächsten Schachzug plante. Und so würde er auch jetzt arbeiten. Ein Glas, höchstens zwei, nicht mehr. Nicht auf nüchternen Magen. Und er würde auch nicht in die alte Gewohnheit zurückfallen; er war fertig mit dem Alkohol, er hatte seinen Preis bezahlt. Aber diesen einen brauchte er. Sofort. Zum Teufel mit Griswold und seinem Geseire über orale Befriedigung, all dieser Quatsch über infantile Sehnsucht nach der Brustwarze. Wenn er das Geld erstmal in der Tasche hatte, konnte er sich alle Nippel der Welt kaufen. Massenweise Titten, was er nur wollte – nach dem ersten Schluck.

Lorch trat in den dunkleren Schatten in der Ecke des Raums. Er bewegte sich schneller, als er dachte, denn nach nur vier Schritten schlug er mit der Stirn gegen die Kante des eingebauten Barschranks. Es war kein harter Schlag, aber der Schmerz genügte, um ihn zu ernüchtern.

Nüchtern. Komisches Wort. Komisches Gefühl. Ja, genau so fühlte er sich, als er jetzt die Tür öffnete. Denn ihm war plötzlich klargeworden, daß er bis eben betrunken gewesen war. Ausgetrocknet seit zweieinhalb Monaten, aber betrunken wie ein Droschkenkutscher. »Betrunkenheit ist ein Geisteszustand.«

Natürlich, warum war er nicht eher darauf gekommen? Alkoholismus kommt nicht aus Flaschen, er kommt aus der Sehnsucht. Ein paar Kubikzentimeter töten den Schmerz der Wirklichkeit ab, aber – bei Gott, der alte Griswold hatte die Wahrheit gesagt! – der Schmerz ist subjektiv. Wie all die krausen Gedanken, die ihm beim Anblick der glitzernden Flaschen vorhin durch den Kopf gegangen waren. Ein Alkoholiker ist schon betrunken, bevor er zu trinken anfängt. Er zimmert sich seine eigene, verrückte Welt zurecht; die Gedanken stolpern lange vor den Füßen.

Lorch streckte die Hand aus, machte die Tür seines Barschranks auf und versuchte, den Inhalt zu erkennen.

Da waren sie also, drei tiefe Fächer voller Flaschen. Unten Gin, Wodka, Wermut und Magenbitter – in der Mitte Irish, Canadian, Scotch – ganz oben solider Bourbon. Einige Flaschen waren angebrochen, zugeschraubt zwar oder verkorkt, aber er roch den Inhalt. Der scharfe Dunst drang ihm in die Nase und bis in den Hals. Lorch merkte, wie seine Hand automatisch ins oberste Fach griff, merkte, wie sie unsicher wurde und zögerte, merkte, daß seine Kehle nicht mehr länger brannte.

Eigenartig. Alle Trockenheit war weg und er wurde sich einer anderen Reaktion bewußt. Kopf-Reaktion. Er hatte Hunger. Keinen Durst. Er brauchte keinen Drink. Oh, trinken wollte er schon etwas, es hatte keinen Zweck, sich da etwas vormachen zu wollen, aber er *brauchte* es nicht. Was er brauchte, war etwas zu essen. Eine gute, solide Mahlzeit. Und dann wußte er plötzlich genau, was er zu tun hatte.

Ein Plan war nicht mehr nötig. Jetzt, wo er nüchtern – richtig nüchtern – war, wußte er, daß er nie nötig gewesen war. Sich einen hinter die Binde zu gießen und versuchen, eine Weglaufmasche zu konstruieren –, das waren die Gedanken des Betrunkenen gewesen. Aber das haute nicht hin, konnte nicht hinhauen. Wohin konnte er schon fliehen, und wie lange würde es dauern, bis sie ihn dann doch hatten? Früher oder später fänden sie heraus, daß er in diese Geschichte verwickelt war; Blix würde es ihnen wahrscheinlich noch heute nacht brühwarm erzählen und der große Held sein.

Also mußte er Blix die Show stehlen und selbst die Polizei rufen. Genau berichten, was wirklich geschehen war, alle Karten auf den Tisch legen, die Namen der anderen nennen, kooperieren. Sicher, er mußte seine eigene Rolle bei der ganzen Sache erklären, und es würde jede Menge Wirbel in der Öffentlichkeit geben. Aber das würde auch Werbung sein – gut für ihn, gut fürs Geschäft. Ganz einfach, wie sich alles zusammenfügt, wenn man erstmal aufhört, besoffen zu denken.

Lorch stand in der Dunkelheit und klappte die Tür zum Getränkeschrank langsam zu. Dabei fiel ihm eine Lücke direkt in der Mitte des obersten Fachs auf. Eine Flasche Bourbon fehlte. Blix trank nicht – wer konnte sie genommen haben?

Die Antwort kam aus der Finsternis hinter ihm. Jack Lorch drehte sich gerade noch rechtzeitig um, um das unscharfe Bild der niedersausenden Flasche wahrnehmen zu können, die seinen Schädel zertrümmerte.

Dann fiel er, und der Barschrank fiel über ihn, Glas splitterte und zerbrach auf dem Boden und in seinem Fleisch. In der Dunkelheit vermischten sich Blut und Bourbon, und Lorchs Gedanke – sein letzter Gedanke – war, daß Griswold recht behalten hatte. Whisky hatte ihn letzten Endes doch umgebracht.

12

Für die Nachtschicht löste ein Mann namens Lubeck Doyle ab. Er kam kurz vor zehn, und sie wechselten ein paar Worte im Flur von Karens Wohnung.

Dann ging Doyle und Lubeck übernahm. Er war ein paar Jahre älter als sein Vorgänger und gute zwanzig Pfund schwerer, doch schon allein seine Größe und Gestalt strahlten etwas Beruhigendes aus. Wie Doyle machte auch er seine Runde durch Räume, schaute in Schränke und kontrollierte Türen und Fenster.

»Lassen Sie die Klimaanlage die ganze Nacht über laufen?« wollte er wissen. »Gut. Dann machen Sie wenigstens kein Fenster auf.« Lubeck ging ins Wohnzimmer zurück und legte dann die Kette für die Nacht vor. Karen beobachtete ihn vom Schlafzimmer aus.

»Kann ich mal telefonieren«? fragte er. »Ich muß mich bei meiner Dienststelle melden.«

»Tun Sie das.«

Karen stand auf der Schwelle, als Lubeck wählte. Es war ihr peinlich, nochmal ins Wohnzimmer zu gehen, während er sprach, aber vielleicht konnte sie auch von hier aus verstehen, was er sagte.

Doch es klappte nicht. Lubeck sprach sehr leise, und die Klimaanlage übertönte seine Stimme.

Karen schüttelte den Kopf. Was war nur mit ihr los – warum hatte sie Angst, in ihr eigenes Wohnzimmer zu gehen? Sie war doch schließlich keine Gefangene.

Oder doch?

»Ein Mann in Waffen ist der Waffen Sklave« hieß es in Robert Brownings »Herakles«. Karen hatte nie gewußt, warum dieses Zitat all die Jahre in ihrer Erinnerung hängengeblieben war, doch plötzlich wurde ihr klar, daß es stimmte. Wir sind alle irgendwie bewaffnet, und allesamt sind wir versklavt. Allein die Tatsache, daß Lubeck hier war, machte sie zur Gefangenen – zur Gefangenen ihrer eigenen Schutzbedürftigkeit. Und Lubeck, bewaffnet mit seiner Erkennungsmarke und seinem Dienstrevolver, war auch ein Gefangener – der Gefangene eines Systems, das ihn zwang, Untergebener seiner Vorgesetzten zu sein. Und seine Vorgesetzten waren Sklaven der Politiker, die wiederum Sklaven des Volks waren. Und das Volk war – wie sie selbst – zu lebenslänglich verurteilt, während es sich gegen die Welt zu schützen trachtete. Einige allerdings waren zum Tode verurteilt – und das Urteil konnte jederzeit vollstreckt werden.

Karen wischte die Gedanken beiseite und zwang sich, ins Zimmer zu gehen, gerade als Lubeck den Hörer auflegte.

»Irgendwas Neues?«

Lubeck schüttelte den Kopf. »Nichts.« Er stand auf. »Aber beunruhigen Sie sich nicht. Wir haben alles im Griff. Ein Streifenwagen wird heute nacht die Straßen hier unten kontrollieren. Dabei fällt mir ein ...«

»Ja?«

»Ich muß nachher noch ein paarmal Meldung machen. Wenn Sie also wach werden und mich telefonieren hören, dann wissen Sie warum.«

»Heißt das, Sie wollen die ganze Nacht aufsitzen?«

»Allerdings. Ich werde Sie aber nicht stören, wenn es nicht sein muß. Lassen Sie Ihre Tür offen und wenn Sie irgendein verdächtiges Geräusch hören, rufen Sie mich.« Lubeck lächelte ihr zu. »Ich weiß, wie Ihnen zumute ist, alles ein bißchen peinlich, aber lassen Sie sich nicht unterkriegen.«

»Nein, nein«, log Karen.

»Ach, und noch etwas. Nehmen Sie zum Schlafen irgendetwas ein – Beruhigungsmittel, Schlaftabletten?«

»Nein.«

»Das ist gut.«

Karen war sich da nicht so sicher, aber sie verbarg ihre Zweifel. Im Moment hätte sie gern etwas gehabt, um so richtig in Schlaf zu fallen. Beim Ausziehen im Bad fühlte sie sich nur allzu wach und war sich des Fremden nebenan voll bewußt. Sie konnte garantiert nicht einschlafen, solange er da war – andererseits würde sie ebenso garantiert nicht schlafen, wenn er ging. »Ein Mann in Waffen ist der Waffen Sklave.«

Karen nahm im Dunkeln die Überdecke vom Bett und kroch zwischen die Laken. Sie würde nicht schlafen können, aber zumindest konnte sie ausruhen. Vom Wohnraum drang gedämpftes Licht über den Flur zu ihr herein. Sie schloß die Augen, und dreißig Sekunden nachdem ihr Kopf das Kissen berührt hatte, war sie in ihrer Alpha-Schlafphase.

Irgendwo in ihren Träumen tauchte Bruce auf.

Er war in voller Rüstung und hielt ein Schwert in der Hand.

Ein blutiges Schwert.

13

Louise Drexel hörte es zuerst.

Roger war im Arbeitszimmer mit seiner Briefmarkensammlung beschäftigt, und sie war in der Bibliothek. Louise hatte schon immer gern gelesen, und in letzter Zeit schien es sie mehr und mehr in Anspruch zu nehmen. Wahrscheinlich waren sie der einzige Haushalt in Bel Air ohne Fernsehen, und sie vermißte es wirklich sehr, aber Roger war absolut unnachgiebig. »Warum willst du dir die Ohren mit Blödsinn volljaulen lassen?« sagte er, und sie wußte, er meinte es ernst, denn es kam selten vor, daß er so eine Sprache benutzte. Louise fühlte sich versucht, ihn an die Zeiten zu erinnern, wo er nicht nur ferngesehen, sondern sogar ein Programm gesponsert hatte. Erst nach dem Verkauf seiner Firma hatten sich seine Ansichten geändert. Auch die Zeitung bestellte er nach der Pensionierung ab. »Ich bin fünfundsechzig Jahre alt und habe mir ein bißchen Ruhe und Frieden verdient«, sagte er. »Wir haben genug eigene Sorgen, ohne uns auch noch mit den Problemen anderer Leute zu befassen.«

Wenn er von Sorgen redete, meinte er natürlich Edna, aber keiner von ihnen mochte dieses Thema ausweiten. Sie hatten ihr Bestes getan, und jetzt lag alles Weitere in den Händen der Ärzte. Edna erhielt die bestmögliche Pflege, und mehr konnte man nicht tun. Nach Rogers letzter Herzattacke wäre es falsch gewesen, ihn aufzuregen, indem sie dies unerfreuliche Kapitel immer wieder anschnitt. Zuerst hatte sie sich deswegen schuldig gefühlt – schließlich war Edna ihre Tochter –, und welche Mutter möchte schon so tun müssen, als sei das Schicksal ihres einzigen Kindes eine unwichtige Sache, aber dann ermahnte sie sich, daß sie zuallererst ihrem Mann verpflichtet war.

Während seiner Genesungszeit, die sich ziemlich in die Länge zog, gaben sie ihr gesellschaftliches Leben auf und verloren nach und nach die Verbindung zu den meisten Freunden. Seitdem hatte keiner von beiden Anstrengungen unternommen, die sozialen Kontakte wieder aufzunehmen. Auch das war Ednas wegen gewesen – kein Mensch außer dem behandelnden Arzt und der Halbtagshilfe ahnte auch nur, was mit ihr los war und wo sie sich jetzt befand, und es wäre peinlich gewesen, es erklären zu müssen.

Eine Zeitlang hatte Louise sich irgendwie verloren und

einsam gefühlt, doch nach einer Weile gelangte sie zu der Erkenntnis, daß Roger recht hatte. So, wie die Dinge heute lagen, war es besser, sich der Welt mit einem Schlag zu entziehen. Als Philatelist trug Roger kleine Teilchen der Welt zusammen und steckte sie in seine Alben. Als Leserin pickte sich Louise kleine Teilchen der Welt aus ihren Büchern und packte sie in ihr Gehirn.

Heute abend zum Beispiel war sie gerade dabei, etwas über Khumaraweh zu lernen. Er lebte in einem Palast aus Lapislazuli und Gold, umgeben von Bäumen, deren Zweige und Stämme mit vergoldetem Kupferblech verkleidet waren, und er hielt sich Löwen als Haustiere. Sein Lieblingslöwe, Zouraik, hatte blaue Augen. Als Mittel gegen seine Schlaflosigkeit ließ Khumaraweh sich in seinem Palastgarten einen riesigen See anlegen und ganz mit Quecksilber füllen. Hier ruhte er dann auf einer Matratze aus aufgeblasenen Häuten, in den Schlaf gewiegt von der Bewegung des Quecksilbers.

Das alles klang wie aus einem Märchen, aber es war Geschichte – Khumaraweh regierte vor über elfhundert Jahren tatsächlich dort, wo heute Kairo liegt. Und genau wie Roger wollte er nichts als Ruhe und Frieden.

Louise hatte gerade begonnen, den Teil des Buchs zu lesen, der Khumarawehs Saal der goldenen Statuen beschrieb, als Ruhe und Frieden durch das Geräusch zerstört wurden.

Das Geräusch war nicht laut, aber anhaltend und schien von der Rückseite des Hauses zu kommen. Louises erster Gedanke war, daß vielleicht ein Fensterladen gegen eins der Küchenfenster schlug.

Stirnrunzelnd legte sie ihr Buch beiseite und ging durch die Halle.

Noch bevor sie die Küche betrat, sah Louise, daß die Läden geschlossen und gesichert waren. Das Geräusch war ein Klopfen an der Hintertür.

Louise überlegte, ob sie den Revolver holen sollte – seit die Filmleute unten in der Straße überfallen und ausgeraubt worden waren, hatte jeder hier eine Waffe im Haus –, aber der Revolver lag in der Schreibtischschublade im Arbeitszimmer, und sie müßte Roger stören. Keinerlei Aufregungen, hatte der Arzt gesagt.

Louise zögerte. Die Tür war verschlossen und verriegelt. Vielleicht, wenn sie einfach ganz leise den Telefonhörer aufnahm und die Polizei anrief ...

Das Klopfen wurde zum verzweifelten Hämmern, und in dem Hämmern hörte Louise die Stimme.

»Laßt mich rein. Laßt mich rein ...«

Rasch durchquerte sie die Küche und fummelte mit Riegel und Schloß.

Sie öffnete die Tür und Edna fiel ihr in die Arme.

»Mama ...« Sie keuchte und schluchzte. Ihr Haar hing strähnig und wirr herunter und ihr Gesicht war schmutzig und tränenverschmiert.

»Was ist passiert?«

Edna schaute hoch und schüttelte den Kopf. Dann drehte sie sich rasch um und machte die Küchentür zu. Louise stand dabei und sah zu, wie sie wieder abschloß, den Riegel fest vorschob, zum Lichtschalter ging und die Außenbeleuchtung für Hof und Swimmingpool ausknipste.

Dabei merkte sie erst, was Edna anhatte – sie trug nur eine Art verdreckten Kittel und darunter absolut nichts. An den bloßen Füßen hatte sie Sandalen, zwischen deren Riemen das geschwollene Fleisch hervorquoll. Ihre sonnenverbrannte Stirn sah wie rohes Fleisch aus.

Edna nickte. »Rasch, bring mich hier weg, bevor er kommt ...«

Louise streckte die Hand aus. »Warte. Dein Vater ist in seinem Arbeitszimmer. Er war sehr krank. Wir dürfen ihn nicht aufregen.«

»Ich bin nicht aufgeregt.«

Louise fuhr herum. In der Tür stand Roger und starrte sie an. Er schien ganz ruhig.

»Papa?« Edna war gar nicht ruhig. Sie fing wieder an zu schluchzen und ging mit ausgestreckten Armen auf ihn zu.

Roger wich einen Schritt zurück. »Fang nicht wieder so an«, sagte er. »Du bist eine erwachsene Frau, Edna. Du bist zweiundvierzig Jahre alt. Ich glaube, du schuldest deiner Mutter und mir eine Erklärung ...«

Es klang kalt und grausam, aber Louise wußte, was er damit bezweckte. »Sie müssen aufhören, sie wie ein Kind zu behandeln«, hatte ihnen Doktor Griswold gesagt. »Es ist die einzige Möglichkeit, sie davon abzuhalten, wieder in ihre Fantastereien zu verfallen.«

Natürlich hatte Doktor Griswold noch viel mehr gesagt, aber das war für Louise kaum akzeptabel. Alles, was sie und Roger je getan hatten, war, zu versuchen, das Kind vor schädlichen Einflüssen zu bewahren, sie von schlechter Gesellschaft fernzuhalten und darauf zu achten, daß sie nicht in die Hände irgendeines Mitgiftjägers fiel. Der Gedanke, daß alle diese Jahre sorgsamen Abschirmens tatsächlich zu paranoiden Symptomen geführt hatten, war ganz offensichtlich absurd. Und was Griswold über sexuelle Repressionen geäußert hatte, war ausgesprochen unanständig. Trotz allem konnte man nicht leugnen, daß Edna behandlungsbedürftig war, und Doktor Griswolds Klinik wurde der Diskretion wegen sehr empfohlen.

»Ich schlage vor, du erzählst uns einfach, was geschehen ist«, sagte Roger gerade.

Edna schüttelte den Kopf. »Er könnte es hören ...«

Louise wollte schon etwas erwidern, doch Rogers Blick ließ sie verstummen. »Wir gehen ins Arbeitszimmer«, sagte er. Damit wandte er sich um und ging durch die Halle voraus.

Edna humpelte böse, wie Louise bemerkte, aber sie schien sich in der Gewalt zu haben. Das störende Gesichtszucken, das sie in den Monaten vor ihrer Einlieferung in die Klinik entwickelt hatte, war verschwunden. Und im Arbeitszimmer, wo sie sich in den großen Sessel sinken ließ, wirkte sie wie ein Kind in einem übergroßen Kleid – ein verängstigtes Kind mit grauen Strähnen im Haar.

»Soll ich dir irgendwas bringen, Schatz«, fragte Louise. »Ein Glas Milch vielleicht?«

»Nein, Mama.«

Louise starrte die Füße ihrer Tochter an. »Dann laß mich dir wenigstens diese Sandalen ausziehen.« Sie machte einen Schritt auf Edna zu, aber Roger trat ihr in den Weg. Er lächelte auf Edna herab.

»Eins nach dem anderen«, sagte er. »Bevor wir weiterreden, möchte ich dir etwas sagen: Deine Mutter und ich sind froh, dich wieder zu Hause zu haben.«

»Wirklich?«

»Natürlich. Ich bin sicher, du weißt, daß unsere einzige Sorge dein Wohlergehen ist. Das weißt du doch, oder?«

»Ja«, erwiderte Edna mit matter Stimme und gesenktem Blick.

»Gut.« Roger nickte befriedigt. »Dann wirst du auch verstehen, daß wir deinen Klinikaufenthalt nur deshalb beschlossen haben, weil der Arzt meinte, das wäre die einzige Möglichkeit, dir zu helfen. Und dir ist doch dort geholfen worden, nicht wahr?«

»Ja, Papa.«

Das Lächeln blieb eisern auf Rogers Gesicht, als er fragte: »Warum bist du dann weggelaufen?«

Edna sah kurz auf. »Ich bin nicht weggelaufen! Sie haben mich mitgenommen ...«

»Wer hat dich mitgenommen?«

»Die anderen. Ich mußte mit, ich konnte nicht allein dortbleiben, nach allem, was passiert war! Wir fuhren in Doktor Griswolds Wagen, gestern nacht ...«

»Und er hat dich gehen lassen?«

Edna schüttelte den Kopf. »Doktor Griswold ist tot.«

Jetzt lächelte Roger nicht mehr. Er runzelte die Stirn und sah Louise an, dann wieder seine Tochter. »Erzähl weiter«, sagte er leise.

Und Edna erzählte weiter, aber nicht so leise. Während sie sprach, geriet ihre Stimme mehr und mehr in eine fast hysterische Lage, die alle Gefaßtheit Lügen strafte.

Beim Zuhören fielen Louise unwillkürlich die schrillen Schreie und das irre Fantasieren ein, das sie gehört hatte, bevor man Edna fortbrachte. In den darauffolgenden Monaten waren die Schreie bis auf ein fernes Echo verklungen, und sogar Ednas Bild war verblaßt zu einer geisterhaften Erscheinung, die sie nur noch in Alpträumen heimsuchte. Und nun war die Stimme plötzlich wieder ganz real, und Edna selbst war real, aber was sie da erzählte ...

Doktor Griswold tot, die Nachtschwester tot, Herb Thomas, der Pfleger auch tot. Er hatte alles geplant, er hatte sie umgebracht, und jetzt seien sie alle frei, hatte er gesagt. Und er hatte das Auto genommen und ihnen versprochen, sie in die Stadt zu fahren, sie hinzubringen, wo immer sie hinwollten. Aber unterwegs, im Valley, hatte er angehalten. Er hatte Tony eine Pistole in die Hand gedrückt und ihm gesagt, er solle dafür sorgen, daß alle im Auto blieben, bis er wiederkäme. In dem Moment hatte Edna gewußt, daß er log: Er würde sie niemals gehen lassen, er würde sie alle umbringen. Die anderen schienen es auch zu wissen, denn sie fingen an, auf dem Rücksitz mit Tony zu ringen. Also sprang sie aus dem Wagen und rannte los. Nachts versteckte sie sich an der Straße nach Beverly Glen, und heute, im Lauf des Tages, war sie auf Nebenstraßen nach Bel Air gelaufen. Sie wäre schon früher hier gewesen, aber gegen Mittag hatte sie plötzlich das Gefühl, verfolgt zu werden, und sie wußte, daß er hinter ihr her war. So mußte sie warten, bis es dunkel wurde, und sehr vorsichtig weitergehen, denn wenn er sie je einholte ...

»Wer?« wollte Roger wissen. »Wie heißt er?«

»Ich – ich weiß nicht, wie er heißt.«

»Du weißt es nicht?«

Edna schüttelte den Kopf. Ihr Blick schoß zu den zugezogenen Vorhängen. »Er könnte jetzt da draußen sein«, flüsterte sie. »Wenn er gehört hat, was ich euch erzählt habe, dann wird er euch auch töten.«

»Aber das ist doch lächerlich ...« Louise hielt inne, als Roger ihr einen warnenden Blick zuwarf.

Edna kroch in sich hinein, als wolle sie sich in dem großen Ohrensessel verstecken. »Seine Augen«, preßte sie hervor. »Ich kann seine Augen fühlen. Wie Messer, die auf einen einstechen. Er ist wahnsinnig, wißt ihr. Die anderen, die sind nur krank, aber er ist wirklich verrückt. Er kann Menschen durch seinen Blick dazu bringen, zu tun, was immer er will. Deshalb hat Tony ihm auch geholfen. Er hat sogar Doktor Griswold getäuscht. Er sieht einen an und sagt einem genau, was man gerade denkt. Er hat alle Unterlagen im Kamin verbrannt, aber vorher hat er sich unsere Adressen eingeprägt, so daß er uns findet, falls wir fliehen sollten. Weil er nicht will, daß jemand es herauskriegt. Wenn er mich je findet ...« Ihre linke Wange begann zu zucken, der Tick war wieder da. Roger ging zu ihr hin und legte ihr die Hand auf die Schulter.

»Er wird dich nicht finden«, sagte er. »Das verspreche ich dir.«

»Vielleicht können wir weggehen«, meinte Edna. »Jetzt gleich könnten wir mit dem Auto wegfahren.«

»Das ist eine Idee«. Roger wandte sich an Louise. »Geh mit ihr rauf, und such ihr was Anständiges zum Anziehen heraus. So kann sie nicht fahren.«

»Aber Roger ...«

»Tu was ich sage«. Er blinzelte ihr zu. »Ich bin in ein paar Minuten bei euch.«

Roger drehte sich um, lächelte Edna zu und ging hinaus. Einen Augenblick später hörte Louise, wie sich die Tür zur Bibliothek leise schloß.

»Also gut, Edna«, sagte Louise. »Laß uns gehen.«

Edna schüttelte den Kopf. »Nein.«

»Was ist denn los?«

»Er hat mir nicht geglaubt.«

»Natürlich glaubt er dir.« Louise faßte Ednas Handgelenk. Ihre Hand war schmutzig und die Nägel völlig abgekaut. Louise fühlte den Puls schlagen, als sie ihre Tochter hochzog. »Bitte«, sagte sie. »Wir müssen uns beeilen, damit wir fertig sind, wenn dein Vater kommt.«

»Glaubst du mir denn, Mama?«

»Ja.« Louise führte Edna zur Tür. »Jetzt komm mit. Du kannst schön heiß duschen, und dann suchen wir dir was Hübsches zum Anziehen heraus.« Sie redete weiter, hob die Stimme, als sie durch die Diele an der Tür zur Bibliothek vorbeigingen, um Ednas Aufmerksamkeit abzulenken. »Du erinnerst dich doch sicher an diese entzückende Kombination, die wir kurz bevor du weggingst zusammen gekauft haben? Also, das hängt alles noch in deinem Schrank – ich habe deine Sachen tipptopp in Ordnung gehalten ...«

Hinter der geschlossenen Tür hörte sie Rogers gedämpfte Stimme am Telefon. »... dringend. Geben Sie mir die Polizei ...«

Edna riß sich los. Einen Augenblick war Louise überrascht, sie empfand nur, wie stark Edna war. Und dann fühlte sie diese Stärke gegen ihre Schläfe explodieren, fühlte ihren Kopf rückwärts gegen die Wand schlagen, fühlte – nichts.

Als Louise wieder zu sich kam und hochschaute, sah sie Roger über sich gebeugt. Er rüttelte an ihrer Schulter. Und als sie klarer sehen konnte, kam auch die Gestalt dahinter ins Blickfeld, blaue Uniform und alles.

»Polizei – schon da?« murmelte sie.

»Ich versuche seit einer Viertelstunde, dich aus deiner Ohnmacht aufzuwecken«, sagte Roger. »Bleib ganz ruhig – beweg dich nicht!«

»Mir fehlt nichts.« Louise fühlte es in ihren Schläfen pochen, als sie sich mühsam aufsetzte. Das Pochen ging von dem Punkt aus, wo ihr Hinterkopf gegen die Wand geprallt war, und verursachte ihr Übelkeit. Man half ihr auf die Beine, und sie merkte, daß sie in der Lage war, stehen zu bleiben. Roger legte den Arm um ihre Schultern.

»Wo ist Edna?« fragte sie.

Keiner antwortete ihr. Es war auch nicht nötig, denn als Louise einen Blick durch die Diele in die Küche warf, sah sie die offene Hintertür, die in den Garten hinausführte. Alle Außenlampen waren eingeschaltet, und hinten am Schwimmbecken bewegten sich blauuniformierte Gestalten auf und ab. Louise blinzelte, weil ihr alles vor den Augen verschwamm.

»Sie hat dich gehört und ist weggelaufen«, murmelte sie. »Warum gehen sie ihr nicht nach?« Sie versuchte, sich aus Rogers Arm zu lösen, aber er hielt sie fest.

»Geh nicht raus«, sagte er.

Es war auch nicht mehr nötig, hinauszugehen, denn die Männer in den blauen Uniformen kamen herein. Sie bewegten sich sehr langsam, und Louise sah, was sie trugen. Und plötzlich konnte sie alles ganz klar erkennen, so klar wie die Wassertropfen, die aus dem durchnäßten weißen Kittel und dem herunterhängenden strähnigen Haar fielen.

Edna, sie war in blinder Panik hinausgerannt. Sie war in den Pool gefallen – ertrunken ...

Einen Moment dachte Louise, sie würde wieder ohnmächtig werden. Aber man ließ sie die Leiche nicht ansehen, stattdessen brachte man sie zurück ins Arbeitszimmer, wo sie sich hinlegen mußte und wo Roger ihr einen Brandy einflößte.

Erst später sagten sie ihr, daß Edna nicht in den Pool gefallen war. Man hatte sie daneben liegend gefunden, und nur der Oberkörper hatte über den Rand ins Wasser gehangen. Obwohl ihr Kopf unter Wasser gewesen war, war der Tod nicht durch Ertrinken eingetreten.

Edna war erwürgt worden.

14

Auf dem Sunset Strip lief das Leben auf vollen Touren.

Vor dem Porno-Kino standen die Fans für die Mitternachtsvorstellung Schlange – es gab einen Sex-Film, der die unglücklichen Abenteuer eines Indianermädchens namens Geschlitzter Biber zeigte.

Die ganze Straße runter waren die Tische vor den Frittenbuden und Haschkneipen voll besetzt mit Leuten, die beides wollten, Hasch und Fritten.

Und an der Ecke vom Laurel Canyon Boulevard stand Tony Rodell, bewegungslos wie eine Statue, und ließ sich in die Atmosphäre reinfallen wie in einen Trip. Er war voll drauf, und alles um ihn war wie ein Traum:

Der Aufkleber auf der Stoßstange des Strandbuggies, der in hübscher Schrift wünschte: »Geh zum Teufel.«

Der Schwule in seinem Dior-Top, der mit schriller Stimme zu seinem Begleiter sagte: »Wie kann ein Junge wie du sich bloß in Ronald verlieben? Mann, der könnte deine Mutter sein!«

Die Mieze mit der Afrofrisur, die irgendwem im Vorbeigehen zurief: »Komm am Samstag rüber zur Schwarzen Messe. Wir kriegen diesmal alles geliefert.«

Oh, wow!

Das war seine Welt, und es war gut, wieder da zu sein. Die größte Lichtschau der Erde, Action, wohin man sah, die ganze Straße voller Mitternachtscowboys. Und von den Reklameflächen schauten sie in Überlebensgröße auf die ganze Szenerie herunter: die Götter höchstpersönlich. Die Up Yours, die Wall-To-Wall Sewer, Stockyard Slim and The Pigs.

Letztes Jahr war Tony auch da oben mit dabeigewesen. Das war, als seine Platte herauskam und die Gruppe anfing, Tahoe zu spielen. Dann ging die ganze Chose den Bach runter, gleich am ersten Abend tauchten die Bullen auf, und seine eigene Mutter – diese Hurensau von einer Mutter – hatte ihn übers Ohr gehauen.

Es war pure Ausbeutung gewesen, und zu Anfang hatte Tony sich aus der ganzen Szene psychisch rauskatapultiert. Er hatte erst später gemerkt, daß sie schon vorher mit den Bullen ein Geschäft angezettelt haben mußte: Sie verpfiff die Gruppe, wenn man die Anklage gegen ihn fallen ließ. Aber die Bullen konnten nur darauf eingehen, wenn sie ihnen versprach, daß er clean blieb. Deswegen hatte die Dame ihn in dem Psychoschuppen auf Eis gelegt. Mußte ganz schön was hinblättern, um ihn abzuschieben, und wenn es nach ihr und Griswold gegangen wäre, hätte er da oben wahrscheinlich bis in die aschgraue Ewigkeit mit sich rumgespielt, oder zumindest so lange, bis ihr die Knete ausging.

Aber für Griswold war vor der Knete etwas anderes ausgegangen, und ihn kriegten sie nicht dahin zurück. Auf gar keinen Fall. Er trug das Haar jetzt kurz, und auch der Bart war verschwunden: seine eigene Mutter würde ihn nicht wiedererkennen. Nicht rechtzeitig jedenfalls ...

Rechtzeitig. Es war schon nach Mitternacht, und er war immer noch nicht da.

Tonys Füße gingen rastlos hin und her, genauso wie seine Augen, die den entgegenkommenden Verkehr auf dem Sunset Boulevard beobachteten. Um zwölf gegenüber von Schwab's, das hatte der Mann gesagt, und jetzt stand er schon seit über zwanzig Minuten hier. Seine

Stimmung sank, und ihm fiel das Gespräch von gestern Nacht ein.

Das war, nachdem der Mann zurückgekommen war und feststellen mußte, daß alle anderen abgehauen waren. Nur er, Tony, lag quer über dem Rücksitz, zusammengeschlagen mit der Kanone, mit der er eigentlich die Typen in Schach hätte halten sollen. Der Mann hatte ihn geschlagen, bis er wieder zu sich kam, und für einen Moment war Tony starr vor Angst, weil er gemerkt hatte, wozu der Mann fähig war, wenn er ärgerlich wurde.

»Ich konnte nichts dafür«, versicherte Tony immer wieder. »Alle sind zugleich über mich hergefallen. Hätten Sie mich bloß die verdammte Munition reintun lassen ...«

»Damit du einen wegpustest und uns alles, was Beine hat, auf den Hals hetzt?« Der Mann hatte geseufzt. Er bedachte Tony mit einem seiner unheimlichen Blicke, und dann sagte er einen seiner unheimlichen Sätze: »Auf wieviele Arten haß ich Euch eigentlich? Ich muß doch mal nachzählen.« Und dann hatte er sein unheimliches Lachen gelacht, was hieß, alles war okay. »Mach dir keine Gedanken, ich hatte nicht erwartet, sie noch viel länger zusammenhalten zu können. Vielleicht wird es dadurch sogar einfacher – wenn nicht einer von ihnen vorher aufgegriffen wird.«

»Vor was?« wollte Tony wissen.

Aber der Mann hatte wieder nur gelacht und die Pistole eingesteckt. »Überlaß das mir. Und jetzt ziehn wir mal los.«

»Soll ich fahren?«

Der Mann hatte den Kopf geschüttelt. »Wir lassen den Wagen hier stehen.«

»Warum das?«

»Aus demselben Grund, aus dem das hier verschwinden wird.« Dabei hatte er sich auf die Tasche geklopft, in der die Pistole steckte. »Von jetzt an werden wir unsere Spuren verwischen. Saubere militärische Taktik, wie von Clausewitz sagen würde.«

»Von wer?«

»Ein Freund von mir.« Der Mann hatte Tony geholfen, sich aufzusetzen und aus dem Auto auszusteigen. »Siehst ganz in Ordnung aus«, hatte er gemeint. »Glaubst du, du kannst laufen?«

»Klar. Ich war nur momentan von der Rolle.«

»Gut. Dann lauf zu.«

»Kommen Sie nicht mit?«

Der Mann hatte den Kopf geschüttelt. »Wer allein reist, reist am schnellsten.« Er hatte nicht aufgehört, Tony anzusehen, und man konnte beinah hören, wie es in seinem Hirn arbeitete. Tony fragte sich, ob irgend jemand je in diesen Kopf eingedrungen war – Griswold vielleicht. Aber Griswold war von seiner Maschine aufgefressen worden, und Tony hatte nicht die geringste Lust, denselben Weg zu gehen. »Morgen abend«, hatte der Mann gesagt, und dann hatten sie diese Verabredung getroffen.

»Aber warum kann ich nicht bei Ihnen bleiben?« wollte Tony wissen.

»Geht nicht. Stell dir vor, sie kriegen einen, und er gibt eine Personenbeschreibung von uns. Sich von einem einzelnen ein Bild zu machen ist schwierig, zwei zusammen, heißt zwei Identifizierungsmöglichkeiten, das ist viel einfacher. Außerdem habe ich was zu erledigen.«

»Soll das heißen, daß ich vierundzwanzig Stunden rumhängen muß?«

»Nein. Du wirst nicht rumhängen, du wirst dich irgendwo verkriechen.« Der Mann hatte ihm ein paar Scheine in die Hand gedrückt – wahrscheinlich aus Griswolds Brieftasche. »Geh in ein Motel und schlaf eine Runde. Sieh zu, daß du morgen was zu essen kriegst, aber ansonsten bleibst du bis zum Einbruch der Dunkelheit möglichst unsichtbar.«

»Warum zum Teufel kann ich nicht einfach in meine Wohnung gehen?«

»Weil die Bullen dort zuerst nach dir suchen werden, wenn sie erstmal Wind von der ganzen Sache bekommen haben. Wir warten, bis wir ganz sicher sind, daß die Luft rein ist.«

»Und dann?«

»Keine Sorge. Hab ich dich bisher hängen lassen?«

Die Antwort darauf wußten sie beide. Wären nicht der Mann und sein Plan gewesen, dann würde Tony immer noch seine Couch-Stunden in der Klapsmühle absolvieren. Aber er hatte auf den Mann gehört, und das hatte ihn bis hierher gebracht; jetzt konnte er ebensogut bis zum Ende gehen.

Also trennten sie sich. Der Mann ging nach Westen und Tony nach Osten. In einem schäbigen, kleinen Motel in der Gegend von Ventura, wo keiner nach Gepäck fragte, nistete er sich ein. Genau wie der Mann trug Tony normale Kleidung anstatt der Anstaltsklamotten, das half.

Das Einschlafen war nicht leicht, nicht bei all den Bildern, die in seinem Kopf herumwirbelten, sobald er die Augen schloß. Er hatte Griswold und die Krankenschwester nicht gesehen, aber er war dabeigewesen, als Herb starb. Das war ganz schön hart gewesen, und die Rückblende war nicht viel besser, außer daß Tony sich immer wieder klarmachte, daß alles vorbei war. Und sich Gedanken über die anderen zu machen, brachte nichts. Sie hatten es sicher genauso eilig wie er, wegzukommen, und sie würden es sicher ebenso cool angehen lassen. Der Mann wußte, was er tat, und er hielt immer Wort. Er hatte gesagt, sie würden ausbrechen, und sie waren ausgebrochen; jetzt sagte er, sie würden den Rest des Weges auch noch schaffen – also würden sie es.

Gegen Morgen gelang es Tony einzuschlafen, und als er aufwachte, fühlte er sich besser. Im Lauf des Tages nahm er dann einen Bus zum Hollywood Boulevard und verkrümelte sich in eines der Kinos, die durchgehend zwei Filme zeigen. Im ersten zerfleischten blauuniformierte US-Kavalleristen mittleren Alters unschuldige junge Rothäute, im zweiten zerfleischten blauuniformierte Polizisten mittleren Alters unschuldige junge Demonstranten. Das ging bis zum Dunkelwerden. Da hatte Tony gerade noch genügend Geld für ein paar Hot Dogs. Die Idee stellte sich als nicht sonderlich glücklich heraus, denn die Hot Dogs erinnerten ihn ein bißchen an die Eingeweide, die er eben im Film hatte herumhängen sehen. Aber natürlich war das nur Kino und noch dazu im Namen des Vaterlands. Kein Mensch stufte Hot Dogs so ein.

Dann lief Tony den Boulevard entlang, vorbei an den Schaufenstern der Buchläden (Toilettenhäuschen des Wilden Westens im Bild) und der Schallplattengeschäfte (Oldies sind Goldies). Er fragte sich beiläufig, ob seine Platte noch im Verkauf war, entschied aber gegen die spontane Eingebung, hineinzugehen und danach zu suchen. Es war besser, weiterzulaufen.

Weiter, vorbei an den Otto Normalverbrauchern, die

vor Grauman's Chinalokal herumspähten (»Schau mal Mami, ist das ein richtiger Hippie?«) und die La Brea hinunter zum Sunset, dann den Sunset Boulevard entlang, vorbei an den organisch-dynamischen Ökoläden für die Gesundheitsfreaks und den Schwulenkneipen. Und weiter auf dem Strip zur anderen Seite von Fairfax, bis er da angekommen war, wo er jetzt stand – aber wo zum Teufel war der Mann?

Jemand hupte, und Tony wandte den Kopf, weil ihm der Ton bekannt vorkam. Klar, der Wagen kam ihm auch bekannt vor. Es war sein eigener MG, und hinter dem Steuer saß der Mann und bemühte sich, durch den Verkehr an den Straßenrand zu kommen.

»Mach schon, beeil dich«, sagte der Mann, was idiotisch war, denn die Ampel war umgesprungen und es mußten sowieso alle anhalten.

Tony schlüpfte in den Wagen, und als es Grün wurde, wendete der MG und fuhr nach Laurel Canyon hinauf.

»Hey, Mann, woher haben Sie meine Kiste?«

Der Mann lächelte. »Von diesen wunderbaren Menschen, die dich kreuzigen wollten.«

Er hatte sich neu eingekleidet – dunkles Jackett, dazu eine legere Hose. Mit freundlicher Genehmigung von Griswolds Brieftasche, dachte Tony bei sich. Und das Lächeln zeigte ihm, daß alles o. k. war.

»Sie waren in meiner Bude«, sagte Tony.

Der Mann nickte. »Wollte mal sehen, wie es da aussieht, sichergehen, daß es keine Probleme gibt.«

»Und, was ist mit der Polente?«

»Wenn Dummheit glücklich macht, dann sind das die glücklichsten Menschen auf Erden.«

»Also niemand zu sehen?«

»Absolut niemand.« Der Mann hielt an der Kreuzung Hollywood Boulevard und schoß vorwärts, als die Ampel grün wurde. »Ganz schönes Plätzchen, was du da hast.«

»Ich hab ja gesagt, daß es dufte ist.«

»Irgendwie hatte ich nicht soviel Stil erwartet. An einem bestimmten Punkt muß der Architekt entschieden haben, alles zu riskieren, und hat sich auf Barock verlegt.«

»Gehörte früher einem Produzenten. Mein Manager hat es letztes Jahr günstig aufgetrieben. Sagte, es wäre ein gutes Geschäft.«

»Ist das der, der sich die ganze Zeit für dich darum gekümmert hat?«

»Nein, wir haben den Vertrag gelöst, als ich ins Sanatorium ging. Meine alte Dame kommt ein paarmal die Woche, sieht nach dem Rechten, macht sauber, füttert die Hunde.« Tony grinste. »Wie finden Sie die Hunde?«

»Die haben mir einen höllischen Schrecken eingejagt. Fingen an zu bellen, als ich über die Mauer stieg, da habe ich es mir beinah noch anders überlegt.« Der Mann lenkte den Wagen auf die linke Abbiegerspur bei Lookout Mountain. »Gut, daß sie angekettet sind.«

»Das muß man bei Dobermännern. Aber Wachhunde sind schon ganz beruhigend dort oben in den Bergen. Natürlich kennen die beiden mich, und an meine alte Dame sind sie auch gewöhnt, aber jeder Fremde – na, der muß sich ganz schön vorsehen!«

»Während ich im Haus war, haben sie ununterbrochen geheult. Da dachte ich, die haben wahrscheinlich Hunger, und habe ihnen eine Portion Futter rausgebracht. Aber glaub mir, allzu nah bin ich nicht rangegangen.«

»Wenn sie uns zusammen sehen, werden sie keinen Ärger machen. Wie gesagt, bei meiner Mutter und mir benehmen sie sich wie Schoßhündchen.«

Der MG fuhr jetzt Lookout hinauf, vorbei am Horseshoe Canyon und bog an der Gabelung auf der Wonderland Avenue ab. Sogar im Dunkeln war Tony die Strecke vertraut, und plötzlich, zum ersten Mal, hatte er das Gefühl, nach Hause zu kommen. Er merkte, wie sehr er seine vertraute Umgebung und Tiger und Butch vermißt hatte.

»Was hast du gesagt, deine Mutter kommt ein paarmal die Woche vorbei?« fragte der Mann.

»Keine Sorge, vor Donnerstag kommt die nicht.«

»Woher weißt du das?«

»Hab ich doch gesagt – vorgestern hat sie bei Griswold oben angerufen; sie wollte ein paar Tage nach Las Vegas fahren.«

»Und was ist, wenn sie ihre Pläne ändert und früher zurückkommt?«

»Sie fährt doch nicht zum Vergnügen hin. Wenn im Flamingo eine größere Veranstaltung ist, dann arbeitet sie da. Als Cocktail-Serviererin.« Tony nickte. »Man muß sie sich mal ansehen; nie käme man auf die Idee, daß die einen erwachsenen Sohn hat. Mann, vor ein paar Jahren hat sie noch Oben-ohne gearbeitet.«

»Ich hab mal eine echte Oben-ohne-Bedienung gesehen«, sagte der Mann.

»Ne echte?«

»Genau.« Der Mann lächelte. »Jemand hatte ihr den Kopf abgeschnitten.«

Tony lächelte gleichfalls, obwohl der Witz alt war. Oder war es gar kein Witz? Bei diesem Typen konnte man nie wissen. Eine Minute erzählte er Witze und in der nächsten philosophierte er herum. Aber er hatte alles im Griff, und das allein zählte.

Der MG fuhr auf der Wonderland Avenue weiter bergan. Die Straße war hier schmaler und dunkler; je höher man kam, desto schmaler und dunkler wurde sie. Keine Außenbeleuchtung, kein Licht hinter den Fenstern der Häuser am Hang. Kaum zu glauben, daß der Strip nur zehn Autominuten entfernt lag. Wenn man hier oben lebte, dann war das wirklich wie in einem Versteck. Meist war man auch über dem Smog, und gewöhnlich war es viel kühler als unten. Die Leute waren auch cool. Das war der Hauptpunkt, der Tony gefallen hatte.

Es war schön, nach Hause zu kommen, auch wenn es nur für kurze Zeit war. Natürlich nur für kurze Zeit, denn wenn die Polizei erstmal klarer sah, war es zu gefährlich.

Tony schaute zu seinem Begleiter hinüber. »Und was machen wir als Nächstes?« fragte er.

»Ich habe da so ein paar Ideen. Warte, bis wir oben sind und uns ein bißchen entspannen können.«

Tony fiel auf, daß der MG jetzt im ersten Gang nur noch Schrittempo fuhr und die Kurven zum Haus oben auf dem Hügel wie in Zeitlupe nahm. Dabei achtete der Mann auf jeden Schatten, jedes geparkte Auto und vergewisserte sich, daß niemand sie beobachtete, niemand auf sie wartete. War auch verdammt richtig – jetzt war nicht der Zeitpunkt, um über die Zukunft zu reden. Lieber die Ohren offenhalten.

Was ihm seine Ohren jetzt verrieten, war, daß die Hunde den Wagen gehört hatten, denn sie knurrten hinter der Mauer. Der MG hielt vor der Auffahrt und blieb mit laufendem Motor stehen.

Der Mann faßte in seine Jackentasche und warf einen Schlüsselbund in Tonys Schoß. »Du mußt nicht über die Mauer«, meinte er dazu. »Die habe ich in deinem Schreibtisch gefunden.«

Tony öffnete die Tür und stieg aus. Er konnte Tiger und Butch jaulen und schnüffeln hören, hörte, wie ihre Krallen an der Mauer entlangkratzten, während sie sich in Erregung heulten. Nun, er war auch aufgeregt; allein schon sein Haus zu sehen reichte nach all der Zeit dafür. Er hatte es wohl mehr vermißt, als er geahnt hatte.

Tony sah den Mann an. Der saß immer noch hinter dem Steuer.

»Kommen Sie nicht mit?«

»Ich will erst den Wagen in die Garage fahren. Wenn ihn morgen jemand hier auf der Straße stehen sieht, könnte er Verdacht schöpfen.«

Gut überlegt. Tony machte mit Daumen und Zeigefinger ein Zeichen, um sein Einverständnis zu zeigen, und der Mann nickte.

»Du gehst am besten vor und versuchst, die Hunde zu beruhigen.«

Tony ging zum Tor und schloß auf. Sogar der Schlüssel in seiner Hand fühlte sich irgendwie beruhigend und vertraut an.

Er trat in den Hof und zog das Tor hinter sich zu; die Hunde knurrten. Trotz des Geknurrs hörte er, wie der MG aufdrehte und losfuhr. Aber noch bevor er darüber nachdenken konnte, sah er Tiger und Butch. Zu seiner Überraschung waren sie nicht angekettet und kamen auf ihn zugerannt, Zähne gefletscht, Lefzen zurückgezogen, mit geifernden Fängen und im Mondlicht rot glühenden Augen. Dann wurde der Mond durch ihre hochschnellenden Körper verdeckt. Tony schrie auf und wollte weglaufen, aber es war zu spät.

15

In dreiundzwanzig Stunden und sechsundfünfzig Minuten dreht sich die Erde einmal um ihre Achse. Ihre Umlaufgeschwindigkeit um die Sonne beträgt cirka 29,8 km pro Stunde, während sie gleichzeitig mit einer Geschwindigkeit von mehr als 16000 Stundenkilometern durchs All rast.

Lieutenant Franklyn Barringer akzeptierte all das, weil die Wissenschaftler es behaupteten. Akzeptierte es, ja, aber er glaubte es nicht wirklich.

Wenn er hinter seinem Schreibtisch saß, beide Füße fest auf dem Boden, konnte er kaum begreifen, daß er sich in Wirklichkeit auf einer Kugel drehte, die gleichzeitig mit schwindelerregendem Tempo um einen anderen Himmelskörper kreiste, wobei das Ganze nach irgendwo dahinjagte. Und doch, sagte er sich, ist es eine demonstrierbare Tatsache, auch wenn es unglaublich erscheint. Also akzeptiert man das Beweisbare und legt es ad acta.

Das Dumme ist, es gibt auch Beweismittel, ebenso unglaublich, die man nicht einfach ad acta legen kann. Zum Beispiel der Papierwust, der sich heute morgen auf Barringers Schreibtisch aufgehäuft hatte: Notizen von Telefonaten, Abschriften von Tonbandprotokollen, Berichte.

»Also gut«, brummte er. »Ich muß es eben akzeptieren. Glauben kann ich es trotzdem nicht ...«

»Und Sie möchten, daß ich Sie überzeuge, ja?« fragte Doktor Vicente.

»Nicht unbedingt.« Barringer goß sich Kaffee ein. »Sie haben die Unterlagen durchgesehen. Ich möchte Ihre Meinung dazu hören.«

»Mit anderen Worten, Sie wollen eine Probe aus dem reichen Schatz meiner Erfahrungen.« Vicente griff sich die Kaffeekanne und füllte seine Tasse nach. »Zuallererst müssen wir uns fragen, ob ein Mann überhaupt all diese Morde innerhalb von ungefähr vier Stunden begehen konnte. Die Antwort ist eindeutig ja, unter bestimmten Voraussetzungen.«

»Und was sind das für Voraussetzungen?«

»Daß er die Namen und Adressen seiner Opfer kennt – und das war möglich, wie wir wissen. Er konnte sie von den Leuten selbst bekommen haben oder aus Griswolds Unterlagen, bevor er sie verbrannte. Dann, daß er ein Transportmittel hatte – und aus den Reifenabdrücken vor dem Haus wissen wir, daß er Tony Rodells Wagen fuhr, oder zumindest einen Wagen, der vorher in Rodells Garage gestanden hatte. Und zuletzt, daß er Grund zu der Annahme haben konnte, daß seine Opfer im Lauf des gestrigen Abends in ihren Häusern oder Büros auftauchen würden.«

»Edna Drexel hat ihren Eltern erzählt, daß sie sich draußen in Sherman Oaks in alle Winde zerstreut hätten.«

»Sie sagte aber auch, daß sie das Gefühl hatte, es folge ihr jemand.«

»Sie vergessen – nur zwei Stunden zuvor war Jack Lorch in Culver City umgebracht worden.«

»Von Culver City nach Bel Air fährt man eine halbe Stunde.«

»Aber wie konnte er wissen, daß Edna Drexel nach Hause gehen würde?«

»Aus demselben Grund, aus dem er wußte, daß Jack Lorch in sein Büro gehen würde. Wo sollten diese Leute denn sonst hin? Ohne Geld, ohne Essen?«

»Klingt, als hätte er sich da ein bißchen sehr auf sein Glück verlassen.«

»Er hatte keine andere Wahl. Ich glaube, ursprünglich plante er, sie alle auf einmal umzubringen, in der Nacht, als er sie zusammen in Griswolds Auto hatte. Nach der Aussage von Edna Drexel hielt Tony Rodell sie immerhin mit einer Waffe in Schach. Unser Mörder könnte vorgehabt haben, die ganze Gesellschaft zu Rodells Haus zu bringen und sie dort mit dessen Hilfe zu erledigen. Aber als sie ihm entwischten, mußte er jeden einzelnen verfolgen und auf sein Glück vertrauen.«

»Sie sagen immer ›er‹. Vergessen Sie nicht, daß noch zwei Männer frei herumlaufen.«

»Ich weiß. Aber einer davon gehört zu der Gruppe, die geflohen ist. Und der versteckt sich immer noch irgendwo, es sei denn, unser Mann hat ihn inzwischen erwischt, und wir wissen es nur noch nicht.«

»Wir wissen überhaupt verdammt wenig. Lediglich daß da draußen irgendwo zwei Männer unterwegs sind, von denen einer Bruce Raymond heißt. Entweder ist er der Mörder, oder er ist ein potentielles Opfer. Das können Sie sich aussuchen.«

Vicente nahm einen Schluck Kaffee und setzte seine Tasse auf der Schreibtischplatte ab. »Nach allem, was wir über Raymond wissen, könnte er beides sein. Ich habe den Bericht aus dem Militärhospital gelesen. Ausgeprägte Labilität, aber kooperativ, reagiert auf Therapie – eine

Menge vorsichtiger Phrasen, die alle auf eine lahme Entschuldigung dafür hinauslaufen, daß man ihn entlassen hat, um sein Bett einem anderen Patienten zu geben. Keine eindeutige Prognose, nur Formulierungen, die den verantwortlichen Arzt schützen.«

»Wer hat ihn denn dort behandelt?«

»Ein Major Fairchild. Ich habe gestern versucht, ihn zu erreichen, aber er ist schon lange nicht mehr dort. Sie hatten eine Adresse in Seattle – sowas wie Trade Clinic –, aber als ich anrief, sagte man mir, er sei auf Urlaub in Japan. Man könnte ihn wahrscheinlich erreichen, wenn man ...«

»Keine Zeit.« Barringer schüttelte den Kopf. »Und selbst wenn wir das täten, wie zum Teufel soll uns ein Armeemedikus in Japan sagen, ob einer seiner früheren Patienten vielleicht hier Amok läuft?«

»Das kann er nicht und ich auch nicht.« Doktor Vicente schob seinen Stuhl zurück. »Aber ich kann Ihnen etwas über den Typus des Mannes sagen, der diese Morde verübt hat.«

»Noch ein Edelstein aus dem reichen Schatz Ihrer Erfahrungen?«

»Nicht ausschließlich. Wir haben immerhin einige Fakten, nach denen wir uns richten können. Nummer eins, wie ich bereits sagte, handelt es sich zweifelsohne um einen Soziopathen ...«

»Könnten Sie mir das auch ohne Fachjargon vermitteln?«

»Okay, also keine vorsichtigen Phrasen.« Vicente lächelte, dann fuhr er nüchtern fort: »Um noch einmal zu wiederholen, was wir bereits wissen: unser Mann ist nicht als Irrer erkennbar. Er sieht völlig normal aus und benimmt sich auch so. Das ist natürlich gespielt, aber sehr überzeugend – wir wissen das, weil er es geschafft hat, den ganzen Ausbruch aus der Klinik zu organisieren, ohne bei den Angestellten oder seinen Mitpatienten Verdacht zu erregen. Er hat ja sogar die anderen Patienten dazu bewegen können, sich ihm anzuschließen. Wahrscheinlich ist er es gewohnt, die Führung zu übernehmen, Befehle zu erteilen ...«

»Raymond war Offizier.«

»Weiß ich«, nickte Vicente. »Und noch etwas. Aus der Art der Verbrechen können wir schließen, daß wir es mit jemandem zu tun haben, der über erhebliche körperliche Kräfte verfügt. Auch wenn wir Tony Rodell als Komplizen annehmen, ist ganz offensichtlich, daß sowohl Gewalt wie auch das Überraschungsmoment eine Rolle spielten. Griswold wurde an den Stuhl gefesselt, Jack Lorch der Schädel eingeschlagen, ein Pfleger erstochen, zwei Frauen wurden stranguliert, Dorothy Anderson wurde die Kehle durchgeschnitten ...«

»Das ist auch so eine Sache, die mich stört«, warf Barringer ein. »Jeder Mord wurde auf eine andere Weise ausgeführt. Gewöhnlich gibt es da eine Art Muster ...«

»Wir haben es hier nicht mit einem Triebmörder zu tun. Fetischismus ist offensichtlich nicht im Spiel, auch keine offene sadomasochistische Komponente.« Vicente hielt inne, da ihm der Ausrutscher in die medizinische Fachterminologie bewußt wurde. »Auf der Bewußtseinsebene tötet dieser Mann lediglich, um seine Spuren zu verwischen, und er benutzt dabei jedes momentan greifbare Hilfsmittel. Auf der unbewußten Ebene ist die Geschichte natürlich völlig anders. Jeder, der so einen Tod plant, wie ihn Tony Rodell hatte ...«

»Wir wissen nicht, ob das geplant war«, unterbrach Barringer. »Es kann auch ein Unfall gewesen sein. Sicher, diese Dobermänner waren wilde Biester, aber sie kannten ihren Herrn.«

»Das tun wir auch«, Doktor Vicente blätterte in den Papieren auf Barringers Schreibtisch. »Sie haben heute früh mit seiner Mutter gesprochen?«

»Und absolut nichts herausbekommen.« Barringer schüttelte den Kopf. »Außer daß sie ihren Sohn als einen der vermißten Patienten aus dem Sanatorium identifizierte, war alles, was sie uns sagte, offensichtlich unwahr. Tony war ein guter Junge, vielleicht ein bißchen verstört, aber keine echten Probleme.«

»Sie ist die Mutter des Opfers. Was kann man unter den Umständen schon von ihr erwarten?«

»Es ist auch nicht wichtig. Wir haben ja seine Unterlagen.«

Diesmal war es Barringer, der in dem Papierberg auf seinem Schreibtisch herumsuchte, bis er ein bestimmtes Blatt gefunden hatte und den Inhalt überflog. »Höhere Schule nicht abgeschlossen. Mit sechzehn wegen Autodiebstahls vor Gericht, Freispruch und Strafe zur Bewährung ausgesetzt. Die Mutter schwört, er sei immer clean gewesen, aber wir haben hier zwei Anklagen wegen Drogenmißbrauchs.«

»Vor oder nachdem er seine Rock-Gruppe hatte?«

»Hinterher. Offenbar war er groß im Musik-Geschäft – groß genug jedenfalls, um das Haus kaufen und unterhalten zu können. Ich habe die Mutter immerhin dazu gebracht, zuzugeben, daß sie ihren Sohn fast ein Jahr nicht gesehen hatte, bevor er in Griswolds Klinik ging, aber sie weigerte sich, über die Gründe für seine Einweisung zu sprechen. Ich denke, er ging dorthin, weil er süchtig war. Mit Aufputschmitteln durchgedreht.«

»Gibt es Gründe, die diese Annahme unterstützen?«

»Zweitausendundeinen.« Barringer goß den letzten Schluck von seinem Kaffee hinunter. »Zwei Flaschen, jede mit tausend Amphetaminkapseln, waren unter den Fleischpaketen in der Tiefkühltruhe versteckt. Sie tauchten heute morgen auf, als wir das Haus durchsucht haben. Eine Flasche war noch versiegelt, die andere angebrochen.«

Doktor Vicente kniff die Augen zusammen. »Und was schließen Sie daraus?«

»Daß Rodell und der Mörder zusammen dort ankamen, möglicherweise, um die Nacht dort zu verbringen. Sie hatten wahrscheinlich Rodells Wagen – wir können vielleicht sogar davon ausgehen, daß sie den ganzen Abend zusammen waren, auch, als die anderen Morde verübt wurden.«

»Sie glauben also, daß Tony Rodell so tief mit drinsteckte?«

»Könnte sein. Besonders, wenn er seinen Tablettenvorrat schon vorher in Anspruch genommen hat, als sie kamen, um das Auto zu holen. Ich brauche Ihnen wohl kaum zu erzählen, wozu ein Tablettenabhängiger fähig ist, wenn er so richtig angeturnt ist.« Barringer schob seine leere Tasse auf dem Tisch hin und her.

»Nehmen wir mal an, er war noch immer high, als sie zum Haus zurückkamen, so richtig kurz vorm Abheben. High genug, um die Hunde zu provozieren. Sie gingen auf ihn los, sein Begleiter bekam Angst und verschwand mit dem Wagen.«

»Gibt es irgendwelche Anhaltspunkte dafür, daß die

Hunde mißhandelt wurden? Haben Ihre Leute sowas wie einen Stock oder eine Peitsche gefunden?«

»Nein, nichts dergleichen, nur die Verpackung eines Fleischpaketes. Vielleicht hat er die Tiere gereizt, ihnen das Fleisch gezeigt und wieder weggenommen, so was in der Art.« Barringer zuckte die Achseln. »Bei einem Speedfreak ist nichts undenkbar.«

»Lassen Sie uns bei dem bleiben, was wahrscheinlich ist«, sagte Doktor Vicente. »Sie sagen, bei diesen Morden gibt es kein Schema. Was Sie wirklich meinen, ist, daß es keine gleichbleibende Methode gibt. Aber das Schema ist doch ganz klar im Motiv sichtbar. Einen nach dem anderen bringt der Mörder die Leute um, die ihn identifizieren können. Wir sind uns einig, daß Tony Rodell ihn hätte identifizieren können. Das macht seinen Tod zum Teil des Schemas.«

»Wie hat der Mörder dann die Hunde dazu gekriegt, Rodell anzugreifen?«

»Das weiß ich auch nicht.« Doktor Vicente stand auf. »Ebensowenig wie ich weiß oder Sie wissen, ob Tony Rodell zum Zeitpunkt seines Todes unter Drogen stand oder nicht.«

»Aber ich werde es herausfinden.« Barringer runzelte die Stirn und griff zum Telefon.

Doktor Vicente schwieg, während der Lieutenant ein Gespräch mit dem Büro des Untersuchungsrichters führte. Die Konversation war ziemlich einsilbig, aber Barringers Gesichtsausdruck, als er den Hörer wieder auflegte, sprach für sich.

»Also gut, Doc«, sagte er. »Das post mortem ist noch nicht fertig, aber Voruntersuchungen an Rodells Blut und Mageninhalt zeigen, daß er clean war, als er starb.«

»Keine Spur von Amphetaminen?«

Barringer schüttelte den Kopf. »Nicht bei Rodell. Aber Sie hatten recht – die Hunde haben ihn nicht zufällig angegriffen. Sie waren gedopt.«

»Gedopt?«

»Die Hunde wurden heute morgen getötet. Ich bat um eine Untersuchung der Kadaver. Nach dem Bericht waren ihre Mägen voller Fleisch – und alles deutet darauf hin, daß sie gleichzeitig mindestens ein halbes Dutzend Tabletten gefressen hatten.«

»Kein Wunder, daß sie Rodell anfielen. Sie hätten alles angegriffen, was sich nur irgendwie bewegte. Jemand hat die Hunde mit Speed angeturnt.«

16

Die Nacht verbrachte er im Auto. Er hatte es in einer abgesperrten Sackgasse geparkt, die früher einmal Autobahnauffahrt gewesen war. Dichtes Gebüsch ringsum bot ihm Sichtschutz, während er schlief.

Mit dem Schlafen hatte er nie Probleme gehabt: er machte einfach die Augen zu und fiel sofort in eine tiefe, dunkle Höhle. Ein Versteck, ohne Licht, ohne Geräusch, wo nichts ihn erreichen konnte, nicht einmal ein Traum. Er hatte seit Jahren nicht geträumt.

»Natürlich träumen Sie«, hatte der Doktor immer gesagt. »Jeder Mensch träumt. Nur, daß Sie die Erinnerungen daran aus Ihrem Bewußtsein verdrängen.« Die Folgerung lag auf der Hand: er blockierte die Erinnerung, weil seine Alpträume zu schrecklich waren, um ertragbar zu sein. Das wollte sich der Doktor gern einreden, aber er irrte sich. Nichts ist so schrecklich, als daß man es nicht ertragen könnte. Er hatte es bewiesen, zweifellos – nicht im Traum, in Wirklichkeit. Kein Mensch hatte je gelitten, wie er gelitten hatte, und trotzdem, er hatte überlebt. Er hatte überlebt, und die anderen, die Träumer, waren tot. Was ihn anging, er schlief einfach. Schlief genüßlich, schlief geschützt, schlief mit der Sicherheit eines Mannes, der weiß, daß er wieder aufwachen wird. Denn ich bin die Auferstehung und das Leben, von jetzt an bis in Ewigkeit. Amen.

Er erwachte durch ein Rumpeln und Dröhnen.

Er blinzelte und war sofort hellwach, raffte sich aus seiner dunklen Höhle hoch, während noch die Bomben fielen – nein, keine Bomben, die gehörten in eine andere Zeit, an einen anderen Ort.

Und dann wußte er, wo er war: hier, in dieser Sackgasse, und er erkannte den Ursprung des Geräuschs: Müllwagen, die in der Morgenfrühe auf den leeren Straßen ihrer Pflicht entgegenratterten. Sein Herz hörte auf zu rasen, und er wurde wieder ruhig, als ihm im Hochfahren bewußt wurde, was ihn aufgeschreckt hatte.

Er setzte sich hin und erlaubte sich ein leichtes Lächeln, nicht in Anerkennung seiner Gedankeninhalte, sondern in Anerkennung der Disziplin und Übersicht, die ihn in die Lage versetzt hatten, alles so mühelos einzuordnen. Wer würde schon – gleiche Umstände vorausgesetzt – auf so etwas kommen?

Niemand. Weil es keine anderen gab, nicht wirklich. Es waren alles nur Schauspieler. Natürlich wußten sie das nicht, ebensowenig wie der Doktor es wußte. Sie hielten sich für real, aber sie waren allesamt Fantasiegebilde. »Die Welt ist meine Schöpfung.«

Die Entdeckung dieses Geheimnisses war es gewesen, die alles so einfach gemacht hatte.

Zuerst war er sich nicht ganz sicher gewesen. Er hatte sich gefragt, wie es wohl sein würde, sich gefragt, ob er die Rolle, die er immer und immer wieder im Geist durchgespielt hatte, wirklich übernehmen konnte. Er hatte das Stück geschrieben, Regie geführt, die Choreographie eingerichtet, die Mitwirkenden engagiert, die ganze Produktion geplant. Er kannte seine eigene Rolle bis ins letzte Detail, aber der nagende Zweifel war bestehen geblieben – konnte er sie spielen?

Jetzt wußte er die Antwort. Er hatte kein Lampenfieber gehabt. Grand Guignol, Theater des Grauens, nenn es, wie du willst, unterschied sich nicht vom Theater des Absurden. Komödie und Tragödie, beides nur Masken, die man tragen und wieder ablegen konnte, ganz nach Belieben. Man durfte nur nicht vergessen, daß alles nur Schein war. Das Blut war Ketchup, das Zucken, die Grimassen, die Schreie und das Kreischen kamen von Schauspielern, die auf ihr Stichwort hin agierten, die wie Schmierenkomödianten auf ihre große Todesszene zusteuerten.

Natürlich mußte *er* aufpassen, denn er war ja echt, und sein Blut war kein Ketchup. Auch wenn das Publikum schrie: »Autor, Autor!«, mußte er das Rampenlicht um jeden Preis meiden. Er konnte es sich nicht leisten, Ovationen entgegenzunehmen. Das Beste war, immer wieder die Rollen zu wechseln.

»Sein Leben lang spielt einer manche Rolle.« Den pflichtbewußten Patienten für Doktor Griswold und seine Leute, den allmächtigen Führer für die Mitpatienten. Und dann die leisen Rollen für die ausgewählten Einzelzuschauer. Den Mann im Schrank für Dorothy Anderson, den Mann im Schatten für Jack Lorch, den im Garten wartenden für Edna Drexel. Der Pool war ein großartiges Requisit gewesen; eine vage Erinnerung hatte ihm allerdings gesagt, daß er da das alte, orientalische Melodram »Kismet« plagiiert hatte. Nun gut, das Leben kopiert die Kunst.

Aber Tony Rodells Entfernung von der Bühne war ein Akt brillanter Improvisation gewesen. Die Hunde auf die Art zu benutzen, das war schon ein Geniestreich; vielleicht war es ihm damit gelungen, das Publikum völlig zu verwirren.

Er beugte sich vor und schaltete das Radio ein, dann drückte er Knopf um Knopf auf der Suche nach den Frühnachrichten.

Das Gequassel des Sprechers gab ihm die Antwort, nach der er gesucht hatte.

»... schockierende und brutale Serie von Morden erreichte in den frühen Morgenstunden ihren Höhepunkt mit dem Tod des ehemaligen Rock- und Pop-Stars Tony Rodell ...«

Er hörte zu, bis er zufrieden feststellte, daß sie das mit den Hunden herausgefunden hatten – das war ihm wichtig. Über ihn hatten sie nichts herausgefunden, das war noch wichtiger. Der Rest war nur eine Arie übellauniger Beleidigungen: »... mörderische Irre immer noch auf freiem Fuß«, und so weiter und so weiter. Leute, die das Stück nicht verstehen, geben ihm immer schlechte Kritiken.

Er machte das Radio aus und stöpselte den Rasierapparat ein, den er gestern gekauft hatte. Mit Hilfe des Rückspiegels entfernte er die Stoppeln von seinem Kinn. Dann griff er unter den Sitz und holte ein Paket mit Sachen zum Wechseln hervor. Glücklicherweise war in Griswolds Brieftasche genügend Geld gewesen, um sich neu einzukleiden. Er dachte daran, wie vorsichtig er bei Dorothy Anderson vorgegangen war – er hatte tatsächlich einen Kittel im Schrank als Schürze benutzt, um sich vor Blutspritzern zu schützen. Das befleckte Kleidungsstück hatte er in einen Gully gestopft, bevor er Tony Rodells Auto holte, und offenbar hatten sie es bisher nicht gefunden – obwohl ihnen das auch nichts helfen würde.

Er spähte durch die Büsche auf die Straße. Morgenverkehr – Leute auf dem Weg zur Arbeit –, aber keiner schaute in seine Richtung. Trotzdem rutschte er so weit wie möglich hinter das Lenkrad, während er seine alten Sachen aus- und die neuen anzog. Das hätte ihm gerade noch zu seinem Glück gefehlt, wegen Erregung öffentlichen Ärgernisses aufgegriffen zu werden.

Nein, ihm fehlte nichts zu seinem Glück. Es lief alles bestens für ihn, und so war es von Anfang an gewesen. Weil der Weise nämlich selbst für sein Glück sorgt, und er hatte alles sorgfältig geplant.

Er zog die neue Hose an, dann zupfte er die Nadeln aus dem neuen Hemd. Nachdem er es zugeknöpft hatte, griff er nach der Krawatte und setzte sich wieder auf, um sie beim prüfenden Blick in den Spiegel zu knoten. Danach packte er den Tascheninhalt um und zählte dabei nach, wieviel noch von Griswolds Geld übrig war. Vierunddreißig Dollar. Kein Vermögen, aber genug, ihn durch den Tag zu bringen. Und es würde ja noch mehr Geld geben – mehr Geld und mehr Tage.

Zum ersten Mal ließ er den Gedanken offen aufkommen. Dagewesen war er schon eine ganze Weile, hatte geduldig im Hintergrund gewartet, bis die Bühne frei war: »Warum dies alles auf eine Vorstellung beschränken?«

Sogar in der Klinik hatte er die Ahnung schon gespürt. Und letzte Nacht war es noch deutlicher geworden. Heute kam nun der Höhepunkt, danach würde der Vorhang fallen. Seine Rolle war dann ausgespielt.

Aber mußte es überhaupt enden?

Das Ausschalten von Zeugen war als Vorsichtsmaßnahme gedacht und daher sinnvoll. Aber warum hier aufhören?

Die Welt war voll von Kandidaten für die Ewigkeit. Zum Beispiel dieser Armleuchter im Radio mit seinem selbstgerechten Gequake über den »mörderischen Irren«. Ja, genau, und noch viele, viele andere.

Eine Parade begann durch sein Gehirn zu marschieren, angeführt von einer langbeinigen, halbnackten Tambourmajorette, die grinsend in ihren knackengen Hot Pants einherstolzierte und dabei zärtlich den silbernen Phallus befingerte, den all diese aufreizenden Hexen so lieben. Und während sie ihn in Verhöhnung aller Männer hoch in die Luft stieß, leckte sie sich genüßlich die Lippen. Hinter ihr eine dieser idiotischen Claqueusen mit schwappenden Brüsten unter dem eng anliegenden Pullover, die grotesk grimassierend und spastisch gestikulierend herumhüpfte, dabei voller Enthusiasmus Obszönitäten skandierend. Und dann, stämmig und muskulös, ein qualliges Vieh in Uniform, Gesicht wie ein tiefgefrorener Fisch, Augen wie Murmeln, Körperhaltung seelenlos-starr wie ein Roboter: Seine Militante Majestät, der Gardekommandant, der unablässig die Destillate aller Stumpfsinnigkeit in die johlende Menge bellte.

Und hinter ihm all die anderen, die Millionen und Abermillionen, die solchen Anführern folgen:

Sie akzeptieren die volltönenden Obszönitäten der Vorsänger ebenso wie die lüsternen Lügen über nie gesehene Menschen und nie benutzte Produkte. Sie finden die Tambourmädchen »niedlich«, applaudieren ihnen bereitwillig und betrachten sie als Teil des Spektakels vom »guten und sauberen Sport«. Sie sehen nicht, daß er von ungeschlachten Kretins vorgeführt wird, die sich gegenseitig treten, schlagen und begrabschen. Sie jubeln kreischend auf Kommando, ohne auch nur zu ahnen, was »Jubel« oder »Kommando« bedeuten. Sie hören gedankenlos auf die gutturalen Laute, die diese Stechschrittparodien des Hochmuts begleiten und die sie alle schließlich im Laufschritt ins Verderben führen.

Die Parade war endlos.

Aber er konnte sie beenden.

Einen flüchtigen Augenblick lang ahnte er so etwas wie eine symbolische Ähnlichkeit zwischen all jenen, die er da heraufbeschworen hatte: jeder war auf seine Weise eine Autoritätsperson. Nun, wenn dem so war, dann verstärkte das nur seine Intention.

Er war noch mit diesen Gedanken beschäftigt, als er ins Handschuhfach griff, eine Packung Papiertaschentücher herausholte und damit sorgfältig Armaturenbrett, Lenkrad und Rückspiegel abwischte. Dann bündelte er die abgelegten Kleidungsstücke und packte sie in die Tüte, in der die neuen vorher waren. Er klemmte sich das Paket unter den Arm und stieg aus. Wieder benutzte er Papiertaschentücher, um die Türgriffe abzuwischen.

Verdeckt durch die Büsche wartete er so lange, bis die Straße leer war, und trat dann auf den Gehweg. An der nächsten Kreuzung bog er ab und ging eine Seitenstraße hinunter. Unterwegs blieb er vor einer Reihe von Mülltonnen stehen, die zum Leeren draußen standen. Wieder schaute er sich um, versicherte sich, daß er weder von der Straße noch von sonstwo beobachtet wurde. Dann hob er den Deckel eines Containers hoch, warf das eingewickelte Kleiderbündel hinein und deckte es mit alten Zeitungen zu. Das war schmutzig, aber der Zweck heiligt die Mittel, mögen sie auch noch so erniedrigend sein.

Schließlich wandte er sich ab und ging weiter die Straße entlang. Irgendwo an der Straße war sicher ein Frühstückscafé. Nach dem Essen mußte er sich ein neues Auto besorgen. Das hieß, durch die Seitengäßchen und Hinterhöfe schleichen, wo Ladenbesitzer und Angestellte hinter den Geschäften ihre Wagen parkten, bis er einen fand, dessen unvorsichtiger Besitzer den Schlüssel hatte stecken lassen. Auch so eine degradierende Sache, aber wieder mußte er sein Ziel im Auge behalten. Das Ziel, das die Leute am eigenen Leib erfahren würden.

Wie hieß noch diese ärgerliche Geistlosigkeit, an die die Hippies sich so klammerten? Lebensstil. Ein anmaßender Ausdruck für eine dreckige, verantwortungslose, leere Existenz ohne jeglichen Stil.

Er war da anders. Sein Lebensstil hieß Tod.

»Du sollst nicht töten.«

Ein Gebot Gottes. Doch niemand hielt sich daran, niemand hörte auf Gott. Nicht in dem Chaos, in dem die Welt sich befand. Würde Gott sich mit der bisherigen Leistungsbilanz zur Wiederwahl stellen, er würde glatt durchfallen.

Töten ist einfach. Das weiß jeder. Die Hand erschlägt die Fliege, der Fuß zertritt den Käfer.

Bei einigen Leuten hört es da auf. Aber andere gehen weiter. Die Bäuerin, die dem Hühnchen den Hals umdreht. Die Arbeiter im Schlachthof, die den Stier erschlagen, die die quiekenden Schweine abstechen.

Der nächste Schritt war der Krieg. Aber daran wollte er nicht denken, an das Massaker an den Unschuldigen.

Er dachte lieber über die gerechte Ausrottung der Schuldigen nach. Schließlich war alles ein Schauspiel – Moraltheater, Passionsspiel.

Passion. Leidenschaft. Der Wurm wurde wieder wach und knabberte an seinen Eingeweiden.

Plötzlich fiel ihm unvermittelt der Biologieunterricht an der High School ein. Die Vivisektion eines Froschs. Er sah die bleiche Unterseite des Tieres vor sich, die gespreizten Beine, und wie es sich unter dem bohrenden Messer gewunden hatte.

Und dann wurde der Seziertisch zum Bett, und der Frosch verwandelte sich in einen Prinzen – nein, in eine Prinzessin. Ein Mädchen mit weißer Haut, Beine gespreizt, das sich unter einer anderen Art von Durchbohrung wand.

Er wußte natürlich, wer das Mädchen war.

Und heute würde er es sehen.

17

Als Karen mit dem Anziehen fertig war und ins Wohnzimmer trat, war sie überrascht, dort Tom Doyle vorzufinden.

»Ich dachte, wir würden uns erst heute nachmittag wiedersehen«, sagte sie.

»Irgendjemand hat bei uns den Dienstplan durcheinandergebracht.« Doyle schüttelte den Kopf. »Die Ablösung ist nicht erschienen. Da haben sie angerufen und mich gebeten, die Schichten zu tauschen. Also bin ich hergefahren und habe Lubeck abgelöst.«

»Er ist weg?«

»Seit einer Stunde ungefähr. Sie schliefen noch. Wir fanden es unsinnig, Sie zu stören. Ich dachte mir, Sie könnten den Schlaf gebrauchen.«

Karen nickte und wandte sich dann der Küche zu. »Wie wär's mit etwas Eßbarem?«

»Eine Tasse Kaffee wäre nicht schlecht.«

»Kommt sofort.«

Karen stellte die Kaffeemaschine an, briet sich ein Ei, steckte zwei Scheiben Brot in den Toaster und nahm den Orangensaft aus dem Kühlschrank. Die morgendlichen Routinehandgriffe waren irgendwie beruhigend. Beim Tischdecken hatte sie sich beinah selbst davon überzeugt, daß dies ein Tag wie jeder andere war.

Doyle beobachtete sie von der Küchentür aus. »Sie sehen besser aus heute morgen.«

»Ich fühle mich auch besser.« Das stimmte. Außer dem ersten Alptraum erinnerte sich Karen an nichts mehr. Sie hatte tief und fest geschlafen.

Der Kaffee sickerte durch den Filter. Karen füllte zwei Tassen, holte Milch, wendete ihr Ei und legte es auf einen Teller, gerade, als der Toast hochsprang. Die Choreographie der Gewohnheit, alles perfekt getimt. Sie trug ihr Frühstück zum Tisch hinüber, wo Doyle ihr gegenüber Platz nahm.

Der Geschmack von Toast und Orangensaft war beruhigend, und beruhigend war auch der Anblick der Morgensonne, die durch die Vorhänge schien. Dann fiel ihr etwas ein und sie erhob sich halb von ihrem Stuhl.

Doyle sah auf. »Was vergessen?«

»Die Zeitung. Sie liegt immer vor der Tür.«

»Ich hab sie mit reingebracht.«

»Wo ist sie denn?«

»Bitte, Mrs. Raymond – setzen Sie sich.« Doyle rutschte unbehaglich auf seinem Stuhl herum. »Bevor Sie einen Blick hineinwerfen, sollten wir uns vielleicht erstmal unterhalten.«

Karen sank auf ihren Stuhl zurück. »Was ist passiert?« Sie griff nach ihrer Tasse, aber sie trank nicht. Denn Doyle erzählte es ihr. Erzählte es ihr sanft, als könne der Ton seiner Stimme irgendwie das Gewicht seiner Worte verringern. Jack Lorch, Edna Drexel, Tony Rodell. Drei weitere Menschen tot, während sie geschlafen hatte.

»Oh mein Gott«, sagte sie. »Was werden Sie tun?«

»Alles, was in unserer Macht steht. Die Sheriffbüros, die Staatspolizei, alle arbeiten mit uns zusammen.« Doyle hielt inne. »Wenn es nur eine Möglichkeit gäbe, Ihren Mann zu erreichen ...«

»Ich sage Ihnen, ich weiß nicht, wo er ist!« Karen hörte ihre eigene Stimme kaum, so rauschte ihr das Blut in den Ohren. »Glauben Sie denn nicht, daß ich ihn auch finden möchte? Glauben Sie nicht, daß mich diese Geschichte ganz krank macht?« Sie stand auf. »Ich bin nicht die Polizei – was erwarten Sie von mir?«

»Nichts als Zusammenarbeit.« Für einen Augenblick rutschte so etwas wie Feindseligkeit in Doyles Stimme. Dann schüttelte er unglücklich den Kopf. »Wir versuchen unser Bestes, aber es gibt so wenig, woran wir uns halten können ...«

»Ich weiß«, pflichtete Karen ihm bei. Und eine innere Stimme mahnte: »Vielleicht solltest du es ihm lieber sagen.«

Doyle sah sie an. »Geht es Ihnen nicht gut?«

»Doch, natürlich geht es mir gut.« Auf der anderen Seite, was würde es bringen, wenn er es wüßte? Was sie auch sagte, es würde nur Bruce schaden, und das konnte sie nicht zulassen. Wie auch immer, sie konnte es nicht.

»Hören Sie«, sagte Doyle. »Sie müssen nicht zur Arbeit gehen heute. Nach allem, was letzte Nacht geschehen ist, wäre es vielleicht besser, Sie gingen aufs Revier. Man würde Ihnen eine Beamtin zuteilen, aber Sie nicht in eine Zelle sperren. Es ist einfach eine Frage der Sicherheit ...«

Karen schüttelte den Kopf. »Ich habe meinem Chef in der Agentur versprochen, daß ich heute komme, und genau das werde ich auch tun.«

Und sie tat es. Schweigend saß sie neben Doyle, während er – hinter heruntergeklappter Sonnenblende – seinen Wagen durch das Verkehrsgewühl der verstopften Stadtautobahn lenkte.

Bevor sie losgefahren waren, hatte Doyle noch seiner Dienststelle Bescheid gegeben, und Karen hatte in der Zeit einen Blick auf die Zeitung geworfen – nur auf die Schlagzeilen und einen Teil der Titelgeschichte, aber das hatte schon gereicht. Schlimmer als die Tate-La-Bianca-Morde, schlimmer als alles. Kein Wunder, daß die Panikstimmung wuchs. Und trotzdem ...

Und trotzdem strömten all die Menschen hier in die Stadt. Sie schaute sich die Insassen der Autos ringsum an. Den ältlichen Mann im glänzend neuen Oldsmobile – sein Autoradio brachte einen frühen Börsenbericht. Die junge Mutter im Kleinwagen, der von Kindern überquoll, deren Ziel offensichtlich die Vergnügungen von Disneyland waren. Die fette Matrone im weißen Kombi, wahrscheinlich auf dem Weg in den Schönheitssalon – aber zwanzig Jahre zu spät. Den jungen, gutaussehenden Schwarzen im offenen Triumph, aus dessen Radio die morgendlichen Sprüche von Freddy Witzig mit seinen Top Forty dröhnten.

Alles wie gehabt – Geschäfte, Unterhaltung. Sogar Stoßstange an Stoßstange ging das Leben weiter. Der Kopf eines Mannes lag zerschmettert in einem Gemisch aus Blut und Whisky, aber Dow-Jones errechnete wie immer Durchschnittswerte. Eine Frau schrie tonlos unter Wasser, und Kinder fieberten Unterseebootfahren und den köstlichen Scheingefahren des Gespensterhauses entgegen. Ein junger Mann wurde von geifernden Hunden in Stücke gerissen, sein Körper zerfleischt, seine Hände zerbissen, und eine alte Frau überlegte, wieviel Trinkgeld sie ihrer Maniküre geben sollte.

Und all die Schreie, das Stöhnen und Knurren ertränkt von Freddy Witzigs fröhlicher Stimme. Vielleicht trugen diese Menschen hier alle die Angst mit sich herum; Angst, die winselte und warnte –, doch sie drehten am Knopf und hörten sich stattdessen die Top Forty an.

Was sollten sie auch sonst machen? Und was konnte *sie* machen mit der Angst, die sie empfand? Zur Arbeit gehen, das war alles. Wie die anderen so tun, als sei dies ein Tag wie jeder andere und die Nacht käme nie.

Inzwischen fuhren sie auf dem Harbour Freeway und nahmen eine der Ausfahrten, die in das Business-Labyrinth der Innenstadt führten.

»Ist es hier?« wollte Doyle wissen, und Karen nickte. Er manövrierte den Wagen nach rechts zum Straßenrand.

Das Los eines Polizisten ist sicher nicht das glücklichste, aber zumindest hat er keine Probleme bei der Parkplatzsuche.

Als sie mit Doyle im Fahrstuhl nach oben fuhr, erlebte Karen einen schlimmen Augenblick. Ein plötzliches Zusammenziehen der Magenmuskeln, das nichts mit der Aufwärtsbewegung zu tun hatte. Bauchgefühl. Wieder eine dieser dummen Mode-Phrasen, die sie so verabscheute, weil der wahllose Gebrauch jeden Sinn abtötete, aber sie konnte die ursprüngliche Bedeutung jetzt verstehen. Da war ein Knoten in ihrem Magen, ein harter, kalter Knoten, der sich um ihre Eingeweide schlang, ein Klumpen Angst. Nicht die Angst, einem unbekannten Killer den Rücken zuzuwenden, aber die Angst, den Menschen gegenüberzutreten, die sie kannte. Leuten, die sie kannten und die inzwischen über Bruce Bescheid wußten.

Doyle beobachtete sie. »Nervös?» fragte er leise.

Karen befeuchtete mit der Zunge ihre trockenen Lippen und schüttelte schnell den Kopf. Sie wünschte, er würde aufhören, sie zu beobachten, aufhören, danach zu fragen, wie sie sich fühlte. Andererseits, sagte sie sich, gehörte es zu seinem Beruf.

Und das hier gehörte zu ihrem.

Aus dem Fahrstuhl führte sie Doyle zum Eingang. Er öffnete ihr die Tür und ließ sie vorbei.

Hinter der Glasscheibe der Anmeldung fuhr Peggys Kopf hoch.

»Oh – guten Morgen.« Mit ihrer Stimme war etwas nicht ganz in Ordnung und mit ihrem hastigen Lächeln, als sie an Karen vorbei auf Doyle starrte, noch viel weniger.

Karen machte eine Kopfbewegung in seine Richtung. »Das ist Mr. Doyle. Er ist ...«

»Ja, ich weiß«, fiel Peggy rasch ein. »Es kam ein Anruf, und Mr. Haskane wurde verständigt, daß jemand Sie begleitet. Ich werde ihm sagen, daß Sie hier sind.«

»Das ist nicht nötig«, fing Karen an, aber Peggy war schon an ihrem Apparat.

»Nanu, ihr ist das ja unangenehmer als mir!« dämmerte es Karen, und als sich die Tür zum Flur öffnete und Ed Haskane herauskam, wurde offensichtlich, daß auch er sich in seiner Haut nicht wohl fühlte.

»Gut Sie zu sehen«, sagte er und nahm ihre Anwesenheit und Doyles Vorstellung mit einer Geste zur Kenntnis, die so verfehlt und untypisch für ihn war wie seine Wortwahl. »Natürlich hätten Sie heute nicht herkommen müssen. Ich sagte Ihnen doch am Telefon ...«

»Ich wollte aber gern kommen«, erwiderte Karen. Ihr ging es wesentlich besser. Kein Bauchgefühl mehr. »Es hat doch keinen Sinn, wenn sich die Arbeit anhäuft.«

»Also gut.« Haskane warf einen Blick auf Doyle, während Karen in den Korridor einbog. »Ich – äh – nehme an, Sie werden mit hereinkommen wollen?«

Doyle nickte und folgte Karen. Das Trio ging den Flur entlang, vorbei an den Eichentüren der Büros, vorbei an Medien, Kunst und Text. Karen hatte das Gefühl, die Türen klappten heute noch häufiger als gewöhnlich, aber ganz sicher war sie sich nicht. Wenn ihr Kommen beobachtet wurde, dann mit stiller Zurückhaltung, und das machte ihr nichts aus. Was gab es auch schon zu sehen? Sie war schließlich kein doppelköpfiges Ungeheuer. Aber vielleicht mußten sich die anderen nur vergewissern, daß sie wenigstens den einen Kopf noch hatte.

Um sich abzulenken, fing sie an zu reden, bevor sie den zweiten Korridor erreichten.

»Was war mit Girnbach? Ist der Text okay?«

»Ach das ...« ein rasches Lächeln glitt über Haskanes Gesicht. »Sie fanden ihn großartig. Aber sie konnten sich mit dem Design nicht anfreunden. Ich habe Frisby drangesetzt, er hat sich was Neues einfallen lassen. Das bedeutet allerdings, daß wir den Text etwas abändern müssen, damit er mit dem neuen Bild harmoniert ...«

Alles wie gehabt. Business as usual. Karen rief sich ins Gedächtnis, wie oft sie diesen ganzen Nonsens im stillen schon verflucht hatte, aber jetzt kam er ihr gerade recht. Eine willkommene Ablenkung für ihre Gedanken.

»Schicken Sie es mir?« wollte sie wissen.

»Klar, wenn Sie Lust zu einem neuen Anlauf haben.«

»Ich bin bereit.« Damit trat Karen in ihr Kabäuschen. Doyle blieb hinter ihr, und Ed Haskane stand zögernd unter der Tür.

»Also gut«, sagte er. »Dann schieß ich Ihnen das Ding rüber. Aber wenn Sie nicht – ich meine, wenn ich irgendwas für Sie tun kann ...«

»Keine Sorge, Mr. Haskane«, sagte Karen. »Ich fühle mich ganz okay, vielen Dank.«

Haskane verschwand.

Sie wußte genau, was er gemeint hatte: am liebsten würde er mit ihr über das Vorgefallene reden. Darüber, wie es ist, seinen Ehemann in einer Nervenklinik zu wissen und dann dorthin zu kommen und festzustellen, daß ...

Aber so direkt würde er nicht fragen, und zwar deshalb, weil sie ihm keine Gelegenheit dazu geben würde.

Karen drehte sich um und zog ihre Jacke aus. Der Polizist stand hinter ihr, ein lästiger Störenfried in der drangvollen Enge des winzigen Raums.

»Warum setzen Sie sich nicht dorthin?« Karen zeigte auf einen Stuhl. »Ziehen Sie den Mantel aus, wenn Sie mögen.«

»Geht schon, danke«, damit setzte sich Doyle.

»In der obersten Schublade sind Zeitschriften. Hauptsächlich Mode, fürchte ich, aber wenigstens etwas zu lesen.«

»Danke.«

Aber Doyle las nicht. Und als der Hausbote den neuen Entwurf hereinbrachte, an den ihr Textvorschlag geheftet war, sah er Karen beim Arbeiten zu.

Doyle verhielt sich zwar ruhig und saß so, daß sie ihn nicht im Blickfeld hatte, aber schon allein das Wissen um seine Anwesenheit brachte Karen ein bißchen aus dem Gleichgewicht. Oder war es das Wissen um den *Grund* seines Hierseins?

Wie auch immer, sie hatte einen schlechten Vormittag. Der neue Entwurf war völlig anders angelegt und das Motorrad weggelassen. Das hieß, sie mußte die Kopfzeile ändern. Und das zog unweigerlich die Änderung des übrigen Textes nach sich.

Sie machte drei oder vier vergebliche Ansätze und füllte dabei ihren Papierkorb mit zerknüllten Bogen, bis er aussah wie ein Popcornberg. Schließlich, so gegen Mittag, hatte sie, was sie wollte.

Sie rief Haskane an.

»Gut«, sagte er. »Passen Sie auf, ich habe um halb eins eine Verabredung zum Mittagessen. Ich schlage vor, wir sehen uns die Sache an, wenn ich zurück bin.«

»Was haben Sie gesagt?«

Seine Stimme klang entfernt. »Wie wäre es gegen halb drei in meinem Büro?«

»Halb drei?«

»Genau. Bis dann.«

Karen legte auf und sah Doyle an. »Das Telefon«, sagte sie. »Es wird abgehört, nicht?«

Doyle zuckte die Achseln. »Vorsichtsmaßnahme.«

Karen sagte nichts dazu. Stattdessen griff sie nach ihrer Jacke.

»Wohin jetzt?« fragte Doyle.

»Mittagszeit.« Karen öffnete ihre Tasche und betrachtete sich im Spiegel ihrer Puderdose. »Ich nehme an, wir essen gemeinsam.«

»Tut mir leid«, Doyle grinste entschuldigend.

»Ich weiß.« Karen klappte die Puderdose zu. »Vorsichtsmaßnahme.«

In der Halle vor dem Fahrstuhl lehnte ein Mann mit rötlichem Gesicht und rotblondem Schnauzbart an der Wand. Er faltete gerade den Anzeigenteil einer Zeitung zusammen und achtete nicht auf sie, bis Doyle ihm zunickte.

»Wir gehen essen«, sagte er.

Der Mann sah auf. »Wie lange?«

Doyle warf Karen einen fragenden Blick zu.

»Eine Dreiviertelstunde. Unten ist ein Grillrestaurant.«

Der Mann schaute auf seine Uhr. »Ich bleibe hier«, sagte er zu Doyle.

Im abwärts gleitenden Fahrstuhl räusperte sich der schlaksige Polizist. »Es bringt nichts, wenn wir Versteck spielen. Ich denke, Sie sollten wissen, daß es durchaus ernst gemeint war, als wir von Sicherheit sprachen. Das Mädchen am Empfang ist instruiert. Sie läßt keine unbekannten Besucher herein, ohne sich vorher mit meinem Kollegen draußen zu verständigen.«

»Ich nehme an, im Grill unten ist auch jemand?«

»Das ist nicht nötig, nicht in einem öffentlichen Lokal.«

»Gut.« Karen lächelte. »Dann können wir ja auch woanders hingehen.«

»Stimmt mit dem Grill was nicht?«

»Da sind jetzt zu viele Leute aus dem Büro zum Essen. Ich glaube, ein Stück weiter den Block runter würde ich mich wohler fühlen. Es ist zwar nur eine Cafeteria, aber da starrt mich wenigstens keiner an.«

»Wie Sie meinen.«

Karen holte sich einen Salat, einen Eistee und ein Zitronensorbet. Aber als sie und Doyle einen freien Tisch gefunden hatten, rührte sie ihr Essen kaum an.

»Ich dachte, Sie hätten Hunger«, sagte Doyle.

»Hatte ich auch. Bis ich das da sah.« Damit wies sie auf den Nebentisch, wo ein dicklicher Mann im Leinenjackett saß und in einer frühen Ausgabe der Nachmittagszeitung las. Die fettgedruckte Schlagzeile war klar zu erkennen: MIT DROGEN AUFGEPUTSCHTE HUNDE TÖTEN DRITTEN KLINIK-FLÜCHTLING.

»Stimmt das?« fragte Karen leise.

»Ja, die Labortests haben es bewiesen.«

»Wie entsetzlich.« Karens Hand krampfte sich um das Glas mit ihrem Eistee. »Tony Rodell. Ich glaube, ich kenne ein paar von seinen Platten. Ich hatte keine Ahnung, daß er auch bei Doktor Griswold war.«

»Ihr Mann hat ihn nie erwähnt?«

»Ich habe Ihnen doch gesagt, daß ich Bruce während der ganzen Zeit dort nie besucht habe.«

»Ach so, stimmt ja, das hatte ich vergessen.« Doyle biß in sein Schinkensandwich.

Karen lockerte ihren Griff um das Teeglas, aber die Kälte blieb. »Der Junge geht mir nicht aus dem Kopf. Was muß das nur für ein Mensch sein, der ihm so etwas antut?«

Doyle kaute und schluckte. »Kommt drauf an.«

»Ich weiß, es ist eine dumme Frage.« Karen nickte. »Alle möglichen Leute morden – ich nehme an, Sie haben schon viele davon kennengelernt.«

»Einige.« Doyle wischte sich mit der Serviette den Mund ab und legte sie dann auf den Tisch. »Nein, ich nehme das zurück. Gesehen habe ich wahrscheinlich schon viele. Genau wie Sie.«

»Wie meinen Sie das?«

»Nun, statistisch gesehen endet nur knapp die Hälfte aller Mordfälle in diesem Land mit einer Festnahme. Und nur ein sehr geringer Prozentsatz der Festgenommenen wird auch tatsächlich für schuldig befunden und verurteilt.«

»Aber man liest doch ständig über all die wissenschaftlichen Methoden bei der Untersuchung von Kriminalfällen ...«

»Sicher. Wir haben ja auch Laborleute, Techniker und alle möglichen ausgefallenen Ausrüstungsgegenstände. Manchmal können wir den ganzen Apparat erfolgreich einsetzen. Dann applaudiert man uns.« Doyles Lächeln war grimmig. »Aber um die Wahrheit zu sagen: Bei über neunzig Prozent aller aufgeklärten Morde ist es so, daß man uns den Täter auf dem Silbertablett präsentiert.«

»Wie soll ich denn das verstehen?«

»Entweder kommt er zu uns und stellt sich selbst, oder jemand verpfeift ihn.«

»Ein Informant?«

Doyle nickte. »Und das ist dann der Punkt, an dem die wirkliche Polizeiarbeit normalerweise ansetzt – beim Sammeln von Beweismaterial für eine Verurteilung. Doch zuerst mal muß man jemanden festgenommen haben. Und in neun von zehn Fällen kommt es dazu, weil wir einen heißen Tip kriegen.« Doyle sah sie an. »Ich rede nicht von professionellen V-Männern oder gar Augenzeugen. Meist ist es jemand, der dem Täter nahesteht – ein Freund, ein Familienmitglied, jemand, der Bescheid weiß oder einen Verdacht hegt. Zuerst neigt dieser Personenkreis gewöhnlich dazu, den Mund zu halten, aber nach einer Weile, wenn die Leute Gelegenheit zum Nachdenken hatten, kommen sie meist zu der Erkenntnis, daß es besser ist, zu reden. Ja, daß es ihre Pflicht ist, zu verhindern, daß womöglich Schlimmeres passiert, wenn Sie verstehen, was ich meine.«

»Ich verstehe vollkommen.« Karen starrte ihn an. »Ich weiß, worauf Sie hinauswollen. Aber dazu kriegen Sie mich nicht. Wenn Sie jetzt erwarten, daß ich sage: ›Ja, Bruce ist schuldig‹, dann haben Sie sich geirrt. Nicht, weil er mein Mann ist, sondern weil ich es nicht weiß. Verstehen Sie? Ich weiß es einfach nicht!«

»Mrs. Raymond ...«

Karen stand auf. »Es ist Zeit, ich muß zurück ins Büro«, sagte sie.

Und das war ihre letzte Äußerung, bis sie wieder in ihrem kleinen Kabuff im zehnten Stock waren. Dort nahm sie den Anzeigenentwurf mit ihrem neuen Text und ging los.

»Ich muß jetzt zu meinem Chef«, erklärte sie Doyle. »Sein Büro liegt um die Ecke, auf dem anderen Gang.«

»Ich bringe Sie rüber.«

»Wie Sie wollen.« Sie griff nach dem Telefonhörer und ließ Haskane wissen, daß sie auf dem Weg war.

Doyle folgte ihr schweigend bis zur Tür vor Haskanes Büro. »Gehen Sie nur«, meinte er. »Ich warte hier draußen.« Er machte ihr die Tür auf. »Hören Sie, es tut mir leid, daß ich vorhin so geredet habe, ich wollte nicht ...«

»Ich weiß schon, was Sie wollten.« Karen ging an ihm vorbei und schloß die Tür hinter sich.

Ed Haskane saß an seinem Schreibtisch. Er sah auf und öffnete den Mund, doch Karen kam ihm zuvor.

»Ich bin immer noch okay«, sagte sie und breitete ihre Unterlagen vor ihm aus. »Und ich denke, der Text ist es jetzt auch.«

Was immer er sonst für Schwierigkeiten haben mochte, mit der Sprache hatte Haskane Zeit seines Lebens eine Liebesaffäre, die ihn schließlich zum Cheftexter gemacht hatte. Der Anblick des geschriebenen oder gedruckten Worts war genug, um sein Blut in Wallung zu bringen, und Karen merkte, wie ihm das Wasser im Munde zusammenlief, als er seine Aufmerksamkeit dem zuwandte, was sie ihm vorgelegt hatte.

»Hm, ja – ha – ja – ich glaube, das ist es.« Er sah auf, rieb sich die Wange. »Nur eins, die Überschrift. Jugendliche würden es sicher richtig verstehen, aber was heißt ›Ein Totschläger‹ für den Normalverbraucher?«

»Daran hatte ich nicht gedacht«, erwiderte Karen nachdenklich.

»Na, vielleicht können Sie das irgendwie nach der Einleitung mit reinbringen.« Haskane stand auf. »Entschuldigen Sie mich einen Moment, ja? Wie sagt der Mexikaner? Ich muß mal eben nach Juan sehen.«

Er verschwand in seinem privaten Waschraum und schloß die Tür hinter sich.

Trotz der Klimaanlage war es warm im Büro, aber Karen erlebte plötzlich noch einmal den Kälteschock, der sie überkommen hatte, als sie las, wie Tony Rodell gestorben war. »Ein Totschläger.« Nur ein Schlagwort, eine Übertreibung aus der Teenagersprache. Aber Haskane hatte recht. Für die ältere, weniger modische Generation hatte der Begriff eine andere Bedeutung. Und *die* hatte sie unbewußt im Kopf gehabt, als sie heute vormittag den Text verfaßte. Totschläger. Vollstrecker. Mörder. Killer.

An Haskanes Telefon blinkte ein Signal auf. Automatisch griff Karen nach dem Hörer, und Gewohnheit bestimmte ihren Tonfall, als sie sagte: »Mr. Haskanes Büro.«

»Karen.«

Sie antwortete nicht. Konnte nicht antworten.

»Karen – weißt du, wer hier spricht?«

»Ja.«

»Ich hatte deinen Apparat verlangt, aber sie haben mich weitervermittelt. Bist du allein?«

»Im Augenblick ja.«

»Dann hör zu. Wann hast du Kaffeepause?«

»Um vier.«

»Gut. Ich erwarte dich. Oben, auf dem Dach.«

»Ich – ich weiß nicht, ob ich weg kann ...«

»Du mußt. Ich muß mit dir reden. Das ist vielleicht unsere einzige Chance.«

Hinter der geschlossenen Tür hörte Karen gedämpftes Wasserrauschen.

»Wo bist du?« murmelte sie.

»Um vier auf dem Dach«, flüsterte die Stimme.

Dann war sie fort.

18

Als Karen aus Haskanes Büro trat, erwartete Doyle sie an der Stelle, wo sie ihn vorhin hatte stehen lassen.

»Alles in Ordnung?« wollte er wissen.

Karen konnte die Frage nicht mehr hören; sie hatte sie in den letzten zwei Tagen zu oft gehört und fand sie so hohl, wie die heuchlerische Fürsorge darin. Keiner wollte wirklich eine Antwort, genausowenig wie auf: »Wie geht's?« Doyle mußte doch am besten wissen, daß alles weit davon entfernt war, in Ordnung zu sein; im Grunde war es ihm wohl ziemlich egal. Er war für eine Aufgabe eingesetzt und wollte lediglich Gewißheit, daß keine akuten Probleme während dieses Einsatzes auftauchten.

Sie hätte ihm am liebsten gesagt, daß es kaum schlimmer sein konnte. Aber bei dem, was sie jetzt vorhatte, durfte sie es sich nicht leisten, auch nur den leisesten Verdacht bei ihm aufkommen zu lassen.

Also nickte Karen nur, und sie gingen zurück in ihr Kabäuschen.

»Kann ich mal telefonieren?« fragte Doyle.

»Bitte.«

Er machte seine Meldung, während Karen das Rohlayout und den Text auf ihrem Schreibtisch neben der Maschine ausbreitete. Sie tat ganz konzentriert, bekam aber jedes Wort mit, das Doyle in den Hörer murmelte. Alles unter Kontrolle, ja, und okay, er erwarte Gordon um fünf Uhr.

Gordon war wahrscheinlich Doyles Ablösung, dachte Karen. Er würde die nächste Schicht übernehmen, aber erst um fünf, das hieß, Doyle war noch da, wenn sie aufs Dach ging.

Wenn sie aufs Dach ging ...

Doyle beendete sein Gespräch und legte auf.

»Irgendwas Neues«, frage sie.

Er schüttelte den Kopf. »Man hat Rodells Wagen gefunden. Falls es sonst noch etwas gibt, halten sie es geheim.«

»Nichts über meinen Mann?«

»Tut mir leid, sie haben nichts erwähnt.«

Karen wandte sich ab. Keine Nachricht, gute Nachricht. Oder doch nicht?

Wenn sie aufs Dach ging ...

Es war jetzt kurz vor drei. Sie hatte noch eine gute Stunde, um sich zu entscheiden.

»Ich muß einige Texte noch mal tippen«, sagte sie zu Doyle.

»Nur zu.« Er zog die Schublade auf, griff sich wahllos eine Zeitschrift heraus und schnitt eine Grimasse an die Adresse des ausgezehrten Mannequins auf der Titelseite, dessen benommener Gesichtsausdruck der Bezeichnung »High Fashion« eine Doppelbedeutung verlieh.

Karen setzte sich vor ihre Schreibmaschine und spannte einen Bogen ein.

Das Problem war, wie sie das mit dem »Totschläger« machen sollte. Sie löste es in knapp zwanzig Minuten, indem sie zwei bedeutungslose Einschübe in den ersten Teil ihres Textblocks mischte. Dann tippte sie langsam alles ins reine und konzentrierte sich dabei auf ihr tatsächliches Problem.

Das Dach ...

Ewig konnte sie so nicht weitermachen, das war ihr klar. Vielleicht wäre es am vernünftigsten, Doyle jetzt sofort alles zu sagen, es endlich hinter sich zu bringen.

Die Polizei die Sache in die Hand nehmen zu lassen; es war schließlich deren Aufgabe. Sie wurde nicht dafür bezahlt, Risiken als Teil ihres Berufs zu sehen. Es sei denn, daß Verheiratet-Sein solche Pflichten mit einschloß.

Jedenfalls nicht nach den Prinzipien der Frauenbewegung: danach war die erste Pflicht einer Frau die sich selbst gegenüber; die Ehe in ihrer derzeitigen Form war so überholt wie der Begriff Sünde in seiner ursprünglichen Bedeutung.

Aber nicht für Karen. Vom Intellekt her erkannte sie die Notwendigkeit der Emanzipation, doch emotional war sie unfähig, sich von ihrer Bindung zu lösen. So war das Ganze eigentlich kein Problem für sie, denn sie hatte gar keine Wahl. Sie mußte es tun, weil sie ein für allemal die Wahrheit herausfinden mußte. Sogar, wenn das hieß, die Wahrheit über sich selbst herauszufinden: zu merken, daß sie sich geirrt hatte.

Natürlich, sollte sie sich geirrt haben, käme dieses Wissen zu spät. Aber dann war es nicht mehr von Bedeutung.

Von Bedeutung war jetzt einzig, wie sie aufs Dach kam.

Karen warf einen Blick auf ihre Armbanduhr. Viertel vor vier. Doyle blätterte ein weiteres Modejournal durch und bedachte die neueste Inspiration des Genies von Yves St. Laurent mit finsteren Blicken. Wenn man ihn sich selbst überließ, säße er wahrscheinlich so bis fünf, bis seine Ablösung erschien. Die Frage war, wie sie es anstellen sollte, ihn sich selbst zu überlassen. Dann wußte sie es plötzlich.

Karen schob ihren Stuhl zurück und stand auf.

Doyle ließ die Zeitschrift sinken. »Wo gehen wir jetzt hin?«

Sie nahm ihre Tasche. »Für Sie möchte ich das nicht entscheiden, aber die Damentoilette ist am Ende des Gangs.«

»Oh, natürlich.« Jetzt lächelte er. »Ich begleite Sie.«

»Bis zur Tür.« Karen erwiderte sein Lächeln. »Dies ist eine hochanständige Agentur.«

Zehn vor vier.

Die Kaffeepause hatte noch nicht begonnen, und der Korridor war verwaist. Die Toiletten der Angestellten lagen gleich um die Ecke, im rechten Winkel zu einem Durchgang, der zum Eingang führte. Karen blieb vor der Tür mit der Aufschrift »Damen« stehen und sah Tom Doyle an. Sie umklammerte ihre Tasche fester.

»Es wird wahrscheinlich ein Weilchen dauern«, sagte sie. »Ich möchte frisches Make-up auflegen, bevor wir zum Kaffeetrinken gehen.«

»Lassen Sie sich nur Zeit.«

Karen betrat den Waschraum. Sie legte kein neues Make-up auf und ließ sich keine Zeit. Sobald sie sich vergewissert hatte, daß der Raum leer war, ging sie geradewegs durch – und auf der anderen Seite wieder hinaus. Was Doyle nämlich nicht wußte: der Waschraum hatte zwei Türen, und eine davon führte in die Halle vor den Büros.

Karen stand jetzt in dieser Halle; um die Ecke waren die Fahrstühle. Das war gut, denn so konnte der wachhabende Polizist dort sie nicht sehen. Jetzt mußte sie nur noch in der entgegengesetzten Richtung bis zu der schweren Metalltür mit dem Schild »Ausgang« darüber gehen.

Sie öffnete die Tür und sah die Treppe. Langsam und vorsichtig – sie wollte das Klappern ihrer Absätze auf den Eisenstufen vermeiden – begann sie hinaufzusteigen. Nach zwei Etagen war ihre Stirn feucht, ihr Mund aber wie ausgetrocknet. Ihr Atem ging rascher, allerdings nicht vor Anstrengung.

Fünf vor vier.

Fünf vor vier, und sie stand auf dem Dach.

Allein.

Karen war nicht zum ersten Mal hier oben. Vor Jahren, als sie gerade in der Agentur angefangen hatte, verbrachten einige Mädchen regelmäßig ihre Mittagspause hier, um sich zu sonnen. Aber allein war sie noch nie hoch gekommen, und seit ein Umlauf im Büro den Brauch untersagt hatte, hieß es »Zutritt verboten« für das Dach. Warum, war nicht schwer zu verstehen. Abgesehen von dem hervorstehenden Oberlicht über der Treppe, war das Dach völlig flach. Weder Mauer noch Geländer trennten die Fläche von der gähnenden Leere dahinter. Schon ein starker Wind konnte gefährlich werden.

Heute aber herrschte kein Wind, nur brennende Hitze. Der Belag knirschte unter den Füßen. Die Nachmittagssonne senkte sich im Westen über Santa Monica; Karen wandte ihr den Rücken zu und ging langsam hin und her, um die bereits im Schatten liegenden Stadtteile zu betrachten.

»Eigenartig«, dachte sie, »zum ersten Mal sehe ich das alles so.« Gegen Norden erstreckten sich La Crescenta, La Canada, Altadena – exotische Namen für sonnendurchglühte, zwischen den Hügeln verborgene Vororte. Karen war noch nie dort gewesen. Etwas näher erhob sich Forest Lawn aus dem Dunst von Glendale.

Sie drehte sich um und schaute auf Boyle Hights und East Los Angeles, dann nach Süden Richtung Watts. Auch das waren für sie nur Namen – Namen, die mit Armut und Protest verbunden waren. Keine hübschen Wohngegenden, obwohl der größte Teil der Einwohner sich dort konzentrierte. Wer es sich leisten konnte, lebte westlich des Geschäftsviertels. Los Angeles, da meinte man eigentlich Hollywood, Beverly Hills, Bel Air, Brentwood und auch Malibu. Um nach Süden oder Osten zu gelangen, durchquerte man die Stadt auf einer der Schnellstraßen und raste an der Realität vorbei, irgendwelchen Traumwelten entgegen: zu Knott's Berry Farm oder den Japanischen Gärten, während Unzählige in den ausgedörrten Slums schmorten und litten.

Kein Wunder, wenn dort Haß und Feindseligkeit herrschte und ständig Straßenschlachten in der Luft lagen. Man sprach von einer Atmosphäre der Gewalt und debattierte über die einzelnen Komponenten; einige gaben dem Krieg die Schuld, andere meinten, es sei das Kriegsspielzeug, wieder andere klagten die politischen Parteien an, die Rechte ebenso wie die Linke. Aber von hier oben vom Dach aus waren die tatsächlichen Ursachen der Gewalt klar erkennbar: es waren die feuchte Hitze und der säuerliche Gestank, die das Getto einhüllten.

Vier Uhr.

Karen schaute zur Tür hinüber.

Es war immer noch leer auf dem Dach. Leer und still.

Was war geschehen?

Warum kam er nicht?

Sie blinzelte in die Sonne, und Schweißperlen liefen ihr in die Augenwinkel. Heiß. Zu heiß. Ein Klima, das Gewalt anheizt ...

Sie mußte sich abwenden. Eine Wolke glitt über die Sonne, und eine leichte Brise kam auf. Dankbar stellte Karen sich ihr entgegen, ging auf die Ostseite des Dachs zu.

Der Blick über den Rand zeigte ihr winzige Spielzeugautos, die vierzehn Stockwerke weiter unten dahinkrochen. Schwindel erfaßte sie, als sie da hinunterstarrte, und sie machte einen Schritt zurück.

Ganz plötzlich wurde der Wind stärker. Karen wollte sich umdrehen.

Da griff die Hand nach ihrem Arm.

19

Der Fremde war groß, die breiten Schultern hatte er in ein Jackett gezwängt, das ihm eine Nummer zu klein war. Seine Haut war sehr weiß. Bleich wie ein Geist, denn er war ein Geist.

»Bruce!«

Karen starrte ihn an und hoffte dabei, durch das Aussprechen seines Namens den Fremden zum Verschwinden zu bringen und nur den Mann zurückzubehalten, den sie in Erinnerung hatte. Aber sechs Monate sind eine lange Zeit, und er war nicht mehr derselbe.

»Hat dich jemand heraufkommen sehen?« fragte er leise.

»Nein.«

»Bist du ganz sicher?«

Karen nickte. »Ein Glück, daß du mich auf Haskanes Apparat erreicht hast. Mein Telefon wird abgehört, und ich habe eine Leibwache.«

»Wo ist sie?«

Rasch erklärte Karen, wie sie Doyle ausgetrickst hatte. Dabei entspannte sich Bruces Gesicht, und auch sein Griff um ihren Arm lockerte sich. »Dann können wir ja reden.«

»Warum hast du dich nicht früher gemeldet? Ich bin beinah wahnsinnig geworden ...«

Karen brach ab, als sie merkte, was sie da gesagt hatte. Aber Bruce schüttelte nur den Kopf, sein Gesichtsausdruck veränderte sich nicht.

»Ich nahm an, die Anrufe in der Wohnung würden mitgehört.«

»Aber wo bist du gewesen? Was ist passiert?«

»Dafür ist jetzt keine Zeit.« Bruce bekam wieder den angespannten Gesichtsausdruck. »Wenn die unten merken, daß du ihnen entwischt bist, und anfangen, nach dir zu suchen ...«

»Und wenn schon«, Karen versuchte, ihre Stimme ruhig zu halten. »Du kannst nicht ewig davonlaufen.«

»Ich muß.« Bruces Blick verharrte auf ihrem Gesicht. »Sie wissen schon, daß ich in der Klinik war. Es kann gar nicht ausbleiben, daß sie meine Unterlagen aus der Militärzeit und die Berichte des Krankenhausaufenthalts damals überprüfen. Und von da bis zu dem, was wir beide über mich wissen ...« Er unterbrach sich, sein Blick irrte einen Moment unsicher hin und her. Dann starrte er sie wieder an, und die Worte brachen aus ihm hervor: »Hast du etwas gesagt? Hast du ihnen etwas über uns erzählt?«

Karen schüttelte den Kopf.

»Gut.« Bruce ließ erleichtert die Schultern sinken. »Das mußte ich wissen. Denn wenn sie es wüßten, wäre die Sache gelaufen, oder?«

»Wolltest du mich deshalb sehen?«

»Du verstehst es nicht, stimmt's?« Bruce wandte sich ab, doch sein Gemurmel war deutlich hörbar. »Du hast ja keine Ahnung, was es heißt, Tag für Tag und Nacht für Nacht dort rumzuhocken. Nach einer Weile scheint alles eins, fließt ineinander. Nein, nicht ganz, es ist, als ob die Nacht den Tag verschlingen würde. Also lebst du immer in Dunkelheit, permanenter Dunkelheit – eine Nachtwelt. Ja, das ist es, worin du lebst, in einer Nachtwelt, wo jedes Geräusch, jeder Schatten unheimlich und bedrohlich ist. Und dann fängst du an, über die nachzudenken, die dir das alles angetan haben, und sie werden zu Feinden. Danach denkst du an die, die zwar nicht direkt verantwortlich sind, aber sich nicht um dich kümmern, die Menschen, nach denen du verzweifelt rufst und die dich nie hören – und nach einer Weile merkst du, daß auch sie Feinde sind. Alle sind Teil einer Verschwörung, einer Verschwörung des Schweigens und der Gleichgültigkeit. Alle versuchen sie, dich fertigzumachen. Also fragst du dich, wie du sie zuerst fertigmachen kannst. Sie dafür bestrafen kannst, daß sie dich derartig strafen. Du fängst an, davon zu träumen, und der Traum wird zum Plan, und der Plan wird zur Wirklichkeit.«

»Bruce, um Gottes willen ...«

»Wir reden nicht von Gott in der Klinik. Wir reden vom Es und vom Ich und vom Über-Ich. Vater, Sohn und Heiliger Geist, alle gleichermaßen unsichtbar.« Sein Lächeln war bitter. »Laut Griswold ist das das Evangelium. Er sagt, es gibt keine Zufälle. Der Geist, der den einen zum Mörder macht, macht den anderen zum Opfer.«

»Glaubst du das?«

»Natürlich nicht.« Bruce seufzte. »Ich versuche dir nur klarzumachen, wie es ist, sage dir, wie er denkt. Ich weiß es, denn zuerst dachte ich genauso. Aber Griswold hat mir geholfen, das zu überwinden, mich zu ändern. Die Sache ist nur die, daß er *ihm* nicht helfen konnte.«

»Wem?«

»Dem Mann, nach dem sie suchen. Dem Mörder.«

»Wie heißt er?«

Bruce schüttelte den Kopf. »Wenn du seinen Namen wüßtest, würde er dich auch jagen. Möchtest du auch Opfer sein?«

»Ich möchte dir helfen.«

»Dann gib mir etwas Geld – laß mich versuchen, wegzukommen, bevor er mich findet. Mehr will ich nicht.«

»Nein?«

»Nein.« Und dann hielt er sie in den Armen, so fest, so eng, daß sie sein Zittern spürte. »Dich will ich, das wollte ich immer. Jetzt weiß ich es. Aber es ist zu spät. Nach allem, was geschehen ist, kann ich dir keinen Vorwurf machen ...«

»Ich liebe dich, Bruce, das habe ich immer getan.«

Das Zittern hörte auf. Es blieb Angespanntheit. »Du hast mich nicht mal besucht da oben.«

»Griswold bat mich, es nicht zu tun. Das muß er dir doch gesagt haben.«

»Hat er, und ich habe ihm nicht geglaubt.«

»Neulich abend wollte ich zu dir. Griswold hatte mir angekündigt, daß du wahrscheinlich entlassen wirst.«

»Wenn ich das bloß gewußt hätte.« Bruce ließ sie los und trat zurück.

»Du hast es nicht gewußt?«

»Denkst du denn, sonst wäre ich mit Cromer mitgegangen?«

»Cromer –?«

»Also gut.« Bruce holte tief Luft. »Der Mann, nach dem sie suchen, heißt Edmund Cromer. Er hat zwar nie direkt über sich gesprochen, aber aus dem Wenigen, was er durchblicken ließ, entnehme ich, daß er der einzige Sohn einer reichen Familie in New York oder New Jersey ist. Wo, weiß ich nicht genau. Sie haben ihn vor etwa einem Jahr eingeliefert. Nach all dem, was passiert ist, vermute ich, daß er schon früher in irgendeine Horrorgeschichte verwickelt war – sonst hätten sie ihn nicht so weit entfernt untergebracht.«

»Wußtest du von seinem Fluchtplan?«

»Keiner außer Rodell wußte etwas. Und ich glaube, Rodell war sich nicht im Klaren darüber, daß es Tote geben würde bei dem Ausbruch. Aber Cromer muß alles genau geplant haben, und nachdem er einmal angefangen hatte, gab es kein Zurück mehr.«

»Wie ist das denn überhaupt abgelaufen?«

»Ich weiß nicht genau. Nach dem Abendessen war ich in meinem Zimmer oben, die anderen auch, nur Cromer nicht. Er war hinuntergegangen, um mit Doktor Griswold zu sprechen. Ihn muß er zuerst umgebracht haben, im Elektroschockraum. Danach die Nachtschwester am Empfang. Keiner hat was gehört. Wir wurden erst durch den Rauchgeruch von den brennenden Papieren im Kamin aufmerksam.«

»War denn oben bei euch kein Pfleger im Dienst?«

»Doch – Thomas. Er spielte mit Tony Rodell in dessen Zimmer Dame. Ich nehme an, das war alles so arrangiert worden, um Thomas abzulenken, denn Cromer wußte genau, wo er war, als er mit dem Messer in der Hand die Treppe heraufkam ...«

Bruce hielt inne und verzog das Gesicht. »Lassen wir das lieber«, sagte er. »Als wir anderen aus unseren Zimmern gerannt kamen, war Thomas bereits tot. Die alte Dame, Mrs. Freeling, warf nur einen Blick auf ihn und fiel um. Cromer sagte, sie sei tot.«

»Du hast sie nicht untersucht?«

»Nein.« Bruce schüttelte heftig den Kopf. »Und ich habe auch nicht versucht, Cromer zurückzuhalten, wenn du es genau wissen willst. Keiner hat das getan. Denn Cromer hatte Griswolds Pistole mit hoch gebracht und hielt uns damit in Schach. Wir konnten nicht wissen, daß sie nicht geladen war – wir wußten nur, daß Cromer eben einen kaltblütigen Mord verübt hatte und durchaus in der Lage war, weiterzumachen.

Er ließ uns die Wahl. Entweder konnten wir in Griswolds Wagen mitfahren, oder er würde uns zurücklassen. Dabei sagte er nicht, daß er uns lebendig zurücklassen würde.

Hätten wir Zeit zum Nachdenken gehabt, dann hätten sich vielleicht einige von uns zusammengetan und versucht, ihn zu überwältigen. Aber versuch dir vorzustellen, wie die Situation war – Panik, Verwirrung. Edna Drexel völlig hysterisch, Lorch in einem Schockzustand. Zwischen Rodell und Cromer mit seiner Waffe sah ich keine Chance, einen Alleingang zu wagen. Ich glaube, das einzige, was jeder von uns kapierte, war, daß es besser war, sich mit Cromer aus dem Staub zu machen.

Er versprach, uns in die Stadt zu bringen. Bevor wir losfuhren gab er Rodell die Pistole und befahl ihm, sie auch zu benutzen, sollte einer von uns eine falsche Bewegung machen. Dann fuhr er auf die Schnellstraße Richtung Sherman Oaks. Dort ließ er den Wagen stehen, sagte, er käme in ein paar Minuten wieder, und Rodell blieb mit der Pistole bei uns. In dem Moment habe ich gehandelt. Es gelang mir, Rodell die Pistole zu entreißen, aber während wir noch herumrangelten, rannten die anderen davon. Nachdem ich Tony außer Gefecht gesetzt hatte, merkte ich, daß die Pistole nicht geladen war. Aber ich hatte keine Ahnung, wohin Cromer verschwunden war und ob er wirklich zurückkommen würde. Und wenn, dann konnte er ja auch eine neue Waffe mitbringen. Am liebsten wäre ich natürlich einfach losgefahren, doch Cromer hatte den Autoschlüssel mitgenommen.« Bruces Stimme war nur noch ein Flüstern. »Also rannte ich auch.«

»Ich verstehe.« Karen legte ihre Hand auf seinen Arm. »Aber jetzt mußt du nicht mehr rennen.«

Bruces Lächeln war ausdruckslos. »Heißt das, du glaubst mir?«

»Natürlich tue ich das.«

»Du bist nicht die Polizei.«

»Bruce, du mußt mit ihnen reden. Wenn du erzählst, was du mir eben erzählt hast ...«

»Was würde das bringen? Ich bin ihr Verdächtiger Nummer eins. Sie werden sich mit meinem Wort allein nicht zufriedengeben, ich müßte schon Beweise liefern.«

»Dann sei kooperativ. Hilf der Polizei; diesen Cromer zu finden. Du weißt, wie er aussieht, du könntest ihnen eine Beschreibung geben.«

»Sicher, das kann ich.« Bruce zuckte die Achseln. »Aber das heißt noch lange nicht, daß sie mir glauben werden.« Er starrte Karen an, und sein ausdrucksloses

Lächeln wurde grimmig. »Vielleicht gibt es gar keinen Edmund Cromer. Vielleicht habe ich das Ganze nur erfunden.«

»Aber das hast du nicht! Ich weiß es – und ich kann es beweisen.«

»Wie?«

Rasch berichtete Karen von ihrer Entdeckung in der Wohnung, wo jemand mit Gewalt versucht hatte, das Badezimmerfenster zu öffnen.

Bruces Augen verengten sich. »Und das weiß keiner?«

»Ich wollte nicht, daß sie es erfahren. Aber jetzt kann ich es sagen. Und ich kann ihnen auch die Kratzer zeigen, wo er versucht hat, den Riegel aufzubrechen.«

»Sie können es für Zufall halten. Oder sagen, du hättest die Kratzer selbst gemacht.«

»Wir beide wissen es aber besser.« Karens Finger schlossen sich unwillkürlich um den Arm ihres Manns. »Verstehst du denn nicht? Jemand hatte es auf mich abgesehen. Und er läuft immer noch frei herum. Was, wenn er es wieder versucht? Ich werde niemals sicher sein, wenn du nicht ...«

Bruce zögerte, aber nur für einen Moment. »Also gut. Was soll ich tun?«

»Dieser Polizist, der mich bewacht – Tom Doyle. Du mußt mit ihm reden.«

»Was ist mit seinem Kollegen bei den Fahrstühlen, von dem du erzählt hast?«

»Er weiß nichts, keiner weiß etwas. Sie ahnen doch nicht mal, daß ich weg bin.«

»Und was meinst du wird passieren, wenn sie dich plötzlich aus dem Nichts mit einem Fremden im Schlepptau auftauchen sehen?« Bruce schüttelte den Kopf. »Im

Moment haben die doch alle den Finger am Abzug. Das Risiko möchte ich nicht so gerne eingehen.«

»Den Mann in der Halle kenne ich nicht, aber Doyle ist nicht so ein Typ. Du kannst ihm vertrauen.«

»Dann laß ihn mir vertrauen.« Bruces Stimme klang gepreßt. »Wenn du willst, daß ich mit ihm rede, dann sag ihm, er soll hierher kommen. Und sag ihm, allein.«

20

»Ihm vertrauen?« grollte Doyle. »Nachdem Sie mich eben so ausgetrickst haben? Ich traue Ihnen beiden nicht.«

Karen stand dem Detektiv im Flur vor dem Waschraum gegenüber. »Tut mir leid, aber es ist die einzige Möglichkeit.«

»Nein, ist es nicht. Ich rufe jetzt die Zentrale an, und in fünf Minuten haben wir das Gebäude umstellt. Und sollte dann jemand auf dieses Dach da oben wollen, wird er von einer Hundertschaft zurückgehalten, das kann ich Ihnen sagen. Keine Risiken mehr jetzt.«

»Und was ist mit dem Risiko für Bruce?« Karen konnte ihre Stimme nur mühsam unter Kontrolle halten. »Können Sie sich nicht vorstellen, was er in den letzten beiden Tagen durchgemacht haben muß? Ihnen ist doch bekannt, daß er krank war. Wer weiß, was er tut, wenn er sich verraten fühlt. Ich habe ihm mein Wort gegeben.«

»Ich weiß«, murmelte Doyle. »Aber wie Sie selbst sagen: Man kann nicht wissen, wie er in einer Streßsituation reagieren wird.«

»Aber wenn Sie allein gehen, wird es für ihn keinen

Streß geben. Ich bin auch allein gegangen, und er hat mir nichts getan. Er hat keine Waffe.« Karen redete schnell. »Schauen Sie, er ist der einzige, der Ihnen sagen kann, was wirklich passiert ist. Er war dabei, er hat alles gesehen. Er will Ihnen helfen, aber Sie müssen ihm eine Chance geben.«

Doyle nahm ihren Arm. »Kommen Sie mit.«

Er führte sie den Gang entlang und um die Ecke zu den Fahrstühlen. Der Mann mit dem rotblonden Schnauzbart stand immer noch an die Wand gelehnt, die Zeitung unter den Arm geklemmt. Doyle ging zu ihm hin.

»Okay, Harry«, sagte er.

Der Mann sah auf.

»Harry, das ist Mrs. Raymond, Mrs. Raymond, Harry Forbes.« Doyle wartete nicht ab, ob einer der beiden etwas zu der Vorstellung zu sagen hatte. »Paß auf, Harry, es hat sich da etwas ergeben ...«

Forbes hörte zu und nickte dabei mehrmals.

»Alles klar«, sagte er dann. »Du gehst aufs Dach. Ich bringe Mrs. Raymond in ihr Büro zurück und passe auf sie auf.« Er zögerte. »Und wie halten wir die Stellung hier draußen?«

»Sag dem Mädchen am Empfang, sie soll niemand hereinlassen – und ich meine das wörtlich: absolut niemanden, unter gar keinen Umständen – bis ich mein Okay gebe. Wenn Besucher kommen, müssen sie eben warten. Ach, und noch etwas.«

Doyle ging dicht an Forbes heran und senkte die Stimme bis auf ein Flüstern. Wieder nickte Forbes. »Verstanden.« Er ging auf Karen zu. »Kommen Sie bitte mit.«

Karen wandte sich um und suchte Doyles Blick, aber er hatte schon den Aufwärts-Knopf gedrückt. »Bitte«, rief sie. »Denken Sie daran, was ich Ihnen gesagt habe. Er ist sehr mitgenommen ...«

»Keine Sorge.«

Karen sah im Profil noch sein Lächeln, dann glitt die Fahrstuhltür beiseite, und er trat in die Kabine.

»Gehen wir.« Forbes hielt ihr die Tür auf. Als sie an ihm vorbeigegangen war, trat er zu Peggy an der Anmeldung. Er zeigte ihr seinen Ausweis und wiederholte Doyles Anweisungen. Peggy nickte und warf dann einen Blick über seine Schulter auf Karen. Sie sah aus, als wolle sie etwas sagen, aber Forbes ließ ihr keine Möglichkeit dazu – er nahm Karens Arm und führte sie zu der Tür, die den Vorraum vom Bürotrakt abtrennte.

Drinnen rannte er fast mit ihr den Gang hinunter.

»Weshalb so eilig?« wollte Karen wissen.

»Ich muß telefonieren.«

Und das tat er auch, sobald sie ihr Zimmer erreicht hatten.

Erst beim Zuhören wurde es Karen langsam klar: »Er hat gelogen. Er hat mich reingelegt.«

Aber Doyle hatte nicht gelogen, denn er hatte ihr ja nichts versprochen. Und es war auch kein Hereinlegen, lediglich ein Kompromiß. Er war allein aufs Dach gegangen, wie sie es gewollt hatte. Gleichzeitig aber hatte er Forbes die Anweisung gegeben, nach Verstärkung zu telefonieren. »Keine Risiken mehr.« Aber warum hatte er dann nicht gewartet, bis der Einsatzwagen da war? Die Antwort lag auf der Hand: er wollte Bruce keine Zeit zum Verschwinden geben.

Forbes wandte sich ihr zu, den Telefonhörer noch in der Hand. »Mrs. Raymond?»

»Ja?«

»Ich hätte gern eine Personenbeschreibung Ihres Mannes, wie er aussieht, was er anhat.«

Natürlich. Für den Fall, daß er doch versuchte, zu entkommen. Karens erster, wütender Impuls war, ihm zu sagen, er solle sich zum Teufel scheren, aber was würde das bringen? Doyle holte Bruce sowieso herunter. Außerdem hatte sie ja schon Sergeant Cole im Sanatorium eine Beschreibung gegeben.

Also sagte sie Forbes, was er wissen wollte, und er wiederholte es Satz für Satz in die Sprechmuschel des Telefonhörers.

»Größe: einsfünfundachtzig. Gewicht: fünfundsiebzig Kilo. Augenfarbe: grau. Hautfarbe: hell. Blaues Jackett, graue Hose, blau-weiß gestreiftes Hemd, keine Krawatte...« So endet es also, dachte Karen. Kein Knall, nicht mal ein Wimmern. Sie nehmen ihn fest, sie quetschen ihn aus und dann...

Und dann was?

Sie hatte Bruce versichert, daß man ihm glauben würde, daß seine Aussage ihnen helfen würde, den Mörder zu finden. Aber angenommen, sie waren bereits davon überzeugt, daß *er* der Schuldige war?

Es gab keine Antwort. War Bruce unschuldig und die Polizei dachte anders darüber, so hatte Karen ihn verraten. War er schuldig, bedeutete ihr Vorschlag immer noch Verrat. Wie man es drehte und wendete, es konnte nicht mehr schlimmer kommen.

Aber sie irrte sich.

Der nächste Schlag kam sehr schnell.

Forbes beendete sein Telefonat, drehte sich zu Karen um und schaute dann an ihr vorbei. Karen folgte seinem Blick durch die Türöffnung.

Draußen im Flur war eine plötzliche Unruhe entstanden, gedämpft drangen aufgeregtes Gemurmel und das Geräusch eiliger Schritte herein.

Und dann stand Ed Haskane in der Tür, die Augen aufgerissen, die Lippen tonlos murmelnd.

Forbes starrte ihn an. »Was ist los?«

»Sehen Sie selbst ...«

»Was denn?«

Doch Haskane hatte sich schon abgewandt und stolperte davon. Forbes erhob sich und machte Karen ein Zeichen. Zusammen gingen sie hinaus. Haskane war schon um die Ecke, als sie ihn einholten.

»Sagen Sie mir, was passiert ist«, drängte der Polizist.

»Ich zeige es Ihnen.« Haskanes Antwort ging in dem Durcheinander von Geräuschen fast unter, die vom Ende des Korridors kamen.

»Wo?«

»Am Fenster ...«

Das Fenster befand sich im Vorraum, gegenüber von Peggys Tisch. Es war offen, und Peggy stand inmitten einer aufgeregten Gruppe von Kollegen. Alle starrten nach unten, und als Forbes sich einen Weg gebahnt hatte, starrten auch er und Karen nach unten.

Ein Körper lag auf der Straße.

21

Einen Moment lang sah Karen alles wie durch einen Nebelschleier. Sie schwankte, dann fühlte sie Forbes Hand auf ihrem Arm.

»Gehen wir«, sagte er.

»Da runter? Nein – ich kann nicht ...«

»Sie kommen mit!«

Sie spürte den Druck seiner Finger, als er sie vom Fenster weg vor sich herschob. Das war Realität. Aber das Hinausgehen und die Fahrt im Fahrstuhl nach unten, die waren unwirklich. Es war wie ein richtungsloses Schweben – so mußte es beim freien Fall sein.

Freier Fall. Der Körper, der kopfüber vom Dach stürzte, ausgestreckt auf der Straße lag. Bruce ...

Der Verkehr war gestoppt worden. Autohupen untermalten die Szene. Auf dem Gehweg hatte sich ein Menschenauflauf gebildet, zurückgehalten von einer hastig gebildeten Kette uniformierter Polizisten. Wie aus weiter Ferne drang Sirenengeheul an Karens Ohr, wie in Trance nahm sie wahr, daß Polizeiwagen mit schrillem Bremsengequietsche durch eine Gasse an der Kreuzung drüben fuhren, hinter ihnen ein Notarztwagen. Auch das war alles nicht wirklich. Die einzige Realität war da auf dem Pflaster verspritzt, lag da, mit dem Gesicht nach unten wie eine zerbrochene Puppe, deren Glieder auf groteske Weise verdreht waren.

Sie wollte nicht hinsehen, aber sie mußte. Denn es war keine Puppe. Es war ein Mensch, und sie erkannte die Kleidung, das Haar, erkannte alles. Keine Puppe. Und nicht Bruce.

»Doyle!« rief Forbes aus. »Oh Gott ...!«

Für einen Augenblick überflutete sie eine so intensive Welle der Erleichterung, daß sie beinah aufgeschrien hätte. Aber sie keuchte nur.

Das Geräusch ging im allgemeinen Tumult unter. Die Leute drängten hinter ihr auf dem Gehweg, und jemand stieß sie in den Rücken, aber Karen nahm den Stoß kaum wahr. Eine Gruppe von Männern überquerte gerade die Straße. Ihr Streifenwagen stand gegenüber am Bordstein. Vorneweg sah Karen Lieutenant Barringer.

Auch Forbes sah ihn. »Warten Sie hier«, sagte er. »Ich bin gleich wieder da.«

Es war nicht nötig, ihr das zu sagen, denn wo sollte sie schon hin. Wegrennen würde nichts nützen nach dem, was geschehen war; nichts half mehr. Sie konnte nur noch eins tun: abwarten.

Karen beobachtete, wie Forbes zu Barringer ging. Sie sah Barringer herüberschauen, als Forbes auf sie deutete; dann wurde ihre Sicht einen Moment lang von den Sanitätern verdeckt, die mit einer Bahre kamen.

Sie wandte sich ab, wollte nicht sehen, was geschah, wenn die Helfer sich über Tom Doyles zerbrochenen Körper beugten. Aber die Leute um sie herum schauten nicht weg, und sie hörte ihr betroffenes Geflüster.

Dann war Forbes wieder an ihrer Seite und nahm sie beim Arm.

Karen sah ihn mit verkniffenem Gesicht an. »Wohin gehen wir?«

»Lieutenant Barringer möchte, daß Sie oben in der Agentur warten. Er schickt Ihnen einen Kollegen rauf, um Ihre Aussage aufzunehmen. Sergeant Gordon heißt er.«

»Und wie geht es dann weiter?«

»Das hat Barringer mir nicht gesagt. Gordon wird seine Anweisungen haben.« Forbes zuckte die Achseln. »Im Augenblick müssen wir hier erstmal sehen, daß wir die Straße freikriegen. Ein höllisches Chaos und mitten in der Hauptverkehrszeit.«

»Ein höllisches Chaos, aber das Wichtigste ist, die Straßen freizumachen, damit all die netten Papis nicht zu spät zum Abendessen kommen.« Karen schüttelte den Kopf. Doch Forbes hatte natürlich recht. Man muß an die Lebenden denken; für die Toten gibt es keine Probleme.

»Also bitte, gehen Sie weiter – hier ist nichts zu sehen – gehen Sie bitte weiter ...« Eine Polizistenkette bewegte sich den Gehweg entlang und ließ dabei die bekannten Sprüche ertönen.

Forbes ging mit Karen zum Eingang. Rechts und links der Tür standen Uniformierte und hielten jeden an, der durch wollte. Alle mußten sich ausweisen und Fragen beantworten. In der Schlange, die sich an der Tür gebildet hatte, erkannte Karen einige ihrer Kollegen.

»Die Tiefgarage steht auch unter Bewachung«, sagte ihr Forbes. »Keiner kommt ohne Überprüfung rein oder raus.«

Er hielt einem der Beamten seinen Ausweis hin. »Ich bringe Mrs. Raymond rein«, meinte er. »Anweisung von Lieutenant Barringer. Können Sie dafür sorgen, daß sie in ihr Büro kommt? Sutherland Werbeagentur, zehnter Stock.«

Der Mann nickte und rief einen seiner Kollegen, die mit der Überprüfung der Angestellten aus dem Haus beschäftigt waren.

Karen warf Forbes einen Blick zu. »Sie kommen nicht mit?«

»Barringer will, daß ich hier unten bleibe.« Er ließ ihren Arm los. »Keine Angst, Sie sind in guten Händen.«

Karen nickte und wandte sich ab, um ihrer neuen Begleitung zum Fahrstuhl zu folgen.

Schweigend fuhren sie nach oben. Im Augenblick konnte niemand in das Gebäude, und die meisten Büros leerten sich um diese Zeit.

Die Sutherland Agentur machte keine Ausnahme. Peggys Tisch war verlassen, und die Räume längs des Ganges, jenseits der Halle lagen ausgestorben. Sogar die wenigen, die sonst immer länger blieben, um rasch noch ein Telefonat zu führen oder in letzter Minute noch etwas zu erledigen, waren durch die Aufregung vorhin nach unten gelockt worden.

Aufregung? Der Tod hatte nichts Aufregendes. Es war die Gewalt, die die Menschen anzog. Karen mußte daran denken, was Bruce ihr vorhin gerade gesagt hatte. Vielleicht haben wir alle eine Nachtwelt in uns ...

»Alles klar, Mrs. Raymond?« fragte der Beamte.

Wieder diese Phrase. Sie antwortete genauso automatisch: »Natürlich.«

Er machte die Tür hinter ihr zu und ließ sie allein. Dabei wollte sie nicht mehr allein sein, keinen Augenblick lang. Warum hatte Forbes nicht mitkommen und mit ihr zusammen hier warten können?

Sie wußte natürlich, weshalb. Barringer wollte ihn unten behalten, weil er seine Aussage brauchte, bevor sie verhört wurde. Dann hatte er eine Überprüfungsmöglichkeit, falls Unstimmigkeiten oder Unwahrheiten auftauchten.

Nicht, daß Lügen jetzt noch einen Sinn gehabt hätten. Es hatte nie einen Sinn, zu lügen. Wenn sie doch nur von Anfang an die Wahrheit gesagt hätte – die ganze Wahrheit ...

Karen ging ein paar Meter den Gang hinunter auf ihr Büro zu, doch dann hielt sie an. Das Geräusch ihrer eigenen Schritte stoppte sie, und sie merkte, daß sie zitterte.

»Du hast Angst.«

Also gut, gib es zu. Jeder hat Angst heutzutage. Angst, im Auto auf der Schnellstraße zermalmt zu werden, Angst, überfallen und ausgeraubt zu werden. Angst, den Job zu verlieren und zu hungern, Angst, den Job zu behalten und mit einer so schäbigen Rente zu enden, daß man im Alter hungert. Angst vor der Bombe und vor biologischen Waffen und Nervengas und all den anderen Vernichtungsmitteln aus Menschenhand, Angst vor Naturkatastrophen, vor Erdbeben, Bränden und Überschwemmungen.

Kein Wunder, daß die junge Generation sich mit Hasch und Heroin betäubte, während die Eltern sich an Psychopharmaka, Alkohol und Zigaretten hielten. Eins mußte man dem Krebs ja lassen: er lenkte von den anderen Sorgen ab.

Ihr fiel ein, daß Bruce das vor langer Zeit einmal gesagt hatte. Damals, vor seinem Sanatoriumaufenthalt, als er diesen Tick mit dem Tod gehabt hatte. Da hatte er viele merkwürdige Sachen gesagt. »Wenn eine Leiche ins Leichenschauhaus kommt, wird sie durch ein Namensschildchen am großen Zeh kenntlich gemacht. Aber wo befestigt man das Schild, wenn die Zehen fehlen? Und was spielt es überhaupt für eine Rolle? Leichen haben keine Identität. Hunderte habe ich im Krieg gesehen, und sie sind alle gleich. Was schert die Würmer Name, Rang oder Kennziffer?«

Bruce hatte eine ausgeprägte Todesfurcht, und das war auch nicht verwunderlich, nach allem, was er durchgemacht hatte.

Aber war es normal, Angst vor dem Leben zu haben?

Karen lief hinter Peggys Tisch auf und ab. Sie wollte nicht mehr in ihr Büro. Dort wäre sie von der Welt abgeschnitten, hier konnte sie wenigstens die Tür im Auge behalten.

Sie ging zum Fenster und stellte fest, daß es bereits dunkel wurde. Hatte sie auch davor Angst?

Nein, die Dunkelheit war harmlos. Sie fürchtete sich vor den Menschen, die darin herumgeisterten. Den Bewohnern der Nachtwelt. Karen schüttelte sich. Sie war drauf und dran, den Realitätssinn zu verlieren. Die Welt, egal ob Tag oder Nacht, war wirklich nicht so schlimm.

Sie starrte aus dem Fenster über die Stadt. Vor langer Zeit, bevor sie geboren wurde, galt Los Angeles als eine Art Paradies auf Erden, wo jeden Tag die Sonne schien und jede Nacht die Sterne glitzerten. Heute war dies Bild verblaßt, vom Fortschritt getrübt, und vielleicht war das der Grund für viele, sich darüber zu mokieren. Aber war es wirklich schlimmer als in New York oder London, Moskau oder Peking?

Trotz ihrer Überlegungen vorhin auf dem Dach durfte sie nicht vergessen, daß von den Millionen da draußen die meisten nicht viel anders waren als sie selbst. Relativ ehrliche, anständige und vertrauenswürdige Leute, die versuchten, ihrer Verantwortung gegenüber Familie, Freunden und den strengen Ansprüchen der Gesellschaft gerecht zu werden.

Also waren es nur einige wenige, vor denen sie Angst hatte. Und solange sie die erkennen konnte, war sie nicht ernsthaft beunruhigt. Die meisten der Spinner und Sonderlinge – und sie sagte das nicht auf Grund von Vorurteilen, denn sie nannten sich doch voller Stolz selbst Freaks – waren leicht zu erkennen und zu meiden. Solange man sie und ihre Gegenden mied, stellten sie kaum eine Bedrohung dar.

Die Gefahr drohte von den anderen, von denen, die man liebte, denen man sich auslieferte, weil man sie haben wollte, sie brauchte.

Das, wovor sie wirklich Angst hatte, war gar nicht so geheimnisvoll. Tief in ihrem Innern wußte sie, daß es für sie nur eine einzige Angst gab. Und ihr Name war Bruce ...

»Mrs. Raymond?«

Karen fuhr herum. Ein Mann trat von der Halle aus durch die Tür. Er nickte ihr zu und kam an den Glaskasten der Anmeldung. Als Karen herantrat, zog er eine Brieftasche aus der Jacke und schob sie ihr hin.

»Sergeant Gordon.«

Sie schaute auf den Ausweis: Frank Gordon, Kriminalpolizei Los Angeles, Mordkommission. Sie schob die Brieftasche zurück und brachte sogar ein Lächeln zustande. »Man hat mir gesagt, daß Sie kommen würden.« Jetzt, wo er da war, fühlte Karen sich trotz allem auf merkwürdige Weise erleichtert. Sie hätte nie gedacht, daß sie je die Anwesenheit eines Polizisten begrüßen würde, aber jetzt war alles besser als das Alleinsein. »Ich nehme an, Sie wollen meine Aussage aufnehmen?«

»Stimmt.« Frank Gordon steckte seine Brieftasche wieder ein und schaute sich um. Draußen hörte man Schritte.

Karen merkte, wie ihr das Lächeln auf dem Gesicht gefror, aber Gordons Nicken war beruhigend. »Kein Grund zur Sorge. Wir durchsuchen das ganze Gebäude. War jemand hier, als Sie kamen?«

»Nein, ich habe jedenfalls niemanden gesehen.«

»Machen Sie sich keine Gedanken, die Kollegen werden das feststellen.« Gordon warf einen Blick auf Karens Tasche, die auf dem Tisch lag. »Wenn Sie soweit sind, können wir gehen.«

»Wohin denn?«

»Meine Anweisungen lauten, Sie nach Hause zu bringen und dort Ihre Aussage aufzunehmen. Danach ...« Gordon hob fragend die Schultern.

»Hat Lieutenant Barringer nicht gesagt, daß ich aufs Präsidium soll?«

»Ich soll ihn von Ihrer Wohnung aus anrufen.« Gordon lächelte trübe. »Im Augenblick hat er andere Dinge im Kopf.«

Karen nahm ihre Handtasche, und sie gingen los. Gordon hielt ihr die Tür auf. Das Geräusch von Schritten wurde lauter, und als sie an Gordon vorbei in den äußeren Korridor trat, näherte sich ihnen von jeder Seite ein uniformierter Beamter, den Dienstrevolver im Anschlag.

»Einen Moment, junge Frau«, sagte der zu ihrer Linken.

»Ist schon in Ordnung«, Gordon war mit einem Schritt neben ihr und wies seinen Ausweis vor. »Ich bringe Mrs. Raymond nach Hause. Anweisung von Barringer.«

»Gut, gehen Sie.«

Aber die beiden blieben bei ihnen stehen, bis der Fahrstuhl kam, und Karen fiel auf, daß keiner seine Waffe wegsteckte.

Zwei weitere Polizisten nahmen sie in Empfang, als sich die Fahrstuhltür unten in der Vorhalle öffnete. Gordon wies sich erneut aus. Außer den beiden war die Halle verlassen, und als sie auf die Straße hinaustraten, floß der Verkehr wieder in normalem Rhythmus. Abgesehen von den Streifenwagen erinnerte nichts mehr an das, was geschehen war.

Gordon ging mit ihr um die nächste Ecke. Seinen Wagen hatte er auf einem Parkplatz ein paar Häuser weiter stehen.

»Wo wohnen Sie«, fragte er, während er den Wagen anließ.

Sie war erstaunt, daß er es nicht wußte, aber sie gab ihm ihre Adresse und fügte hinzu: »Sie sollten vielleicht nicht die Schnellstraße nehmen. Um diese Tageszeit ist da kaum ein Durchkommen.«

Gordon sah auf die Uhr am Armaturenbrett. »Dürfte eigentlich nicht sein, nicht um sieben.«

Karen runzelte die Stirn. »Ist es schon so spät?«

Er nickte. »Haben Sie gegessen?«

»Nein.«

»Vielleicht sollten wir auf dem Weg irgendwas zu uns nehmen. Ich kann Ihre Aussage auch beim Essen aufnehmen.«

»Eigentlich habe ich keinen großen Appetit.«

»War ja auch nur ein Vorschlag.« Doch Karen hörte die Enttäuschung aus seiner Stimme. Wahrscheinlich ist er halb verhungert, sagte sie sich.

»Einen Kaffee könnte ich gebrauchen«, meinte sie deshalb.

»Immerhin etwas.« Er reihte den Wagen in den fließenden Verkehr ein. »Wir fahren in Ihre Richtung, und wenn wir von der Schnellstraße runter sind, halten wir nach einem Restaurant Ausschau.«

Die Fahrt über schwieg Gordon; Karen überlegte, was er wohl denken mochte. Er dachte sicher über ihre Aussage nach und über die Fragen, die er ihr stellen sollte.

Was sie selbst anging, so sagte sie sich immer wieder ihre Antworten vor. Gordon war ihrer Meinung nach einer aus der neuen Generation von Polizeibeamten: gut geschult, mit angenehmen Umgangsformen und ganz offensichtlich intelligenter als Forbes oder der arme Tom Doyle. Aber sie erinnerte sich zugleich an Sergeant Cole und Lieutenant Barringer, hinter deren Maske freundlichen Entgegenkommens sich eiskalte Zielstrebigkeit verbarg. Sie durfte sich durch Höflichkeit nicht entwaffnen lassen.

Im Verlauf der Fahrt studierte Karen Frank Gordons Profil. Braunes Haar, blaue Augen, regelmäßige Gesichtszüge. Ob er wohl verheiratet war, und wenn ja, wie dachte seine Frau darüber, daß er die Nacht allein mit einer Fremden verbrachte?

Natürlich gehörte das zu seinem Dienst. Sie zu bewachen, Fragen zu stellen, den Mörder zu finden. War er erfolgreich, bedeutete das sicher eine Beförderung, und seine Frau würde stolz auf ihn sein.

Aber was würde mit Bruce passieren?

22

Mit dem Rücken gegen die Wand.

Die Formulierung ging ihm nicht aus dem Kopf.

Mit dem Rücken gegen die Wand. Das hieß Sackgasse und nicht, über die Mauer rüber sein. Ein blöder, ein grausamer Ausdruck, empfindungslos gegenüber dem Zustand einer gequälten Seele.

Was wußten sie schon, diese Pseudokomiker, die loskicherten bei Redewendungen wie ›ausflippen‹, ›den Verstand verlieren‹, ›von der Rolle sein‹? Sie verstanden gar nichts. Denn es gab nur eine Möglichkeit, verstehen zu lernen. Indem man nämlich Nacht für Nacht in seiner Zelle im Irrenhaus saß und den Schreien lauschte – jenen Schreien, die aus der eigenen Kehle drangen.

Er hatte natürlich gelernt, diese Schreie zu unterdrükken, sich selbst unter Kontrolle zu halten und dann, andere zu kontrollieren. Er hatte seinen Plan verwirklicht, oder? Er hatte sich geschworen, die Freiheit zu erlangen, und er war frei.

Aber er stand immer noch mit dem Rücken gegen die Wand. Den ganzen Tag über hatte er dieses Gefühl schon. Oder doch nicht? Vielleicht hatte es angefangen, als er Tom Doyle mit rudernden Armen und in der Luft kreiselndem Körper fallen sah?

Es war notwendig gewesen. Genauso, wie es notwendig gewesen war, Karen noch zu verschonen. Natürlich nur für den Moment. Denn auch sie mußte abtreten. Und zwar bald. Sie noch zu verschonen war Teil des Plans.

Wenn er richtig kalkuliert hatte, konnte es nicht mehr lange dauern. Wenn sie tat, was er vermutete, dorthin ging, wohin er annahm, dann konnte alle Polizei der Welt sie nicht retten. Und die Totenliste wurde länger.

Bis dahin stand er noch mit dem Rücken zur Wand.

Aber diese Wand zerbröckelte immer rascher.

23

Das kleine Restaurant war beinah leer, und Karen wunderte sich darüber. Gewöhnlich war es gut besucht, besonders, seit die Piano-Bar eröffnet hatte.

Vielleicht hatten die Leute Angst, abends auszugehen, nach allem, was in den Zeitungen stand. Außerdem war

Tom Doyles Tod sicher in den Abendnachrichten gemeldet worden. Irgendwie war es schon merkwürdig, wenn man sich überlegte, daß mehrere Millionen Menschen einen einzigen Mann fürchteten. Ihre Angst kam wahrscheinlich einfach daher, daß sie ihn nicht erkennen würden.

Karen dagegen fürchtete, ihn sehr wohl zu erkennen.

Gordon aß seinen Nachtisch auf. Während des Essens waren seine Fragen von gnädiger Belanglosigkeit gewesen, aber jetzt, wo er seinen Teller beiseite schob und sich zurücklehnte, wußte Karen, die Erholungspause war vorbei.

Er sah auf die Uhr. »Ich sollte bald Meldung machen«, meinte er. »Vielleicht hat man Ihren Mann gefunden.«

»Oder den Mörder«, sagte Karen.

»Sie sind eine sehr loyale Frau, nicht wahr, Mrs. Raymond?«

»Loyalität hat damit nichts zu tun.« Karen bemerkte den abwehrenden Ton in ihrer Stimme. »Nach dem Gesetz ist ein Mann so lange unschuldig, bis seine Schuld bewiesen ist.«

Frank Gordon seufzte. »Lassen Sie uns mal ganz ehrlich sein, Mrs. Raymond. Sie versuchen, einen Mann zu schützen, weil Sie glauben – oder meinen zu glauben –, daß er unschuldig ist. Was aber ist mit all den anderen, den Opfern, die sterben mußten? Wir *wissen*, daß sie unschuldig waren, aber wer hat sie geschützt?«

Karen schüttelte den Kopf. »Ich bin trotzdem der Ansicht, daß Bruce kein Motiv hatte. Warum sollte er jemanden umbringen, um aus der Klinik zu fliehen, wenn er sowieso entlassen werden sollte?«

»Weil er nicht wußte, daß man ihn entlassen wollte.«

Gordon beobachtete sie, als er das sagte. »Das stimmt doch, oder nicht?«

Du Schwein, dachte Karen. Lieutenant Barringer hat nicht daran gedacht, der Polizeipsychologe hat es nicht rausgefunden, aber *du* mußt draufkommen. Ja, es stimmt.

Gordon wartete nicht auf eine Antwort. Vielleicht brauchte er keine, vielleicht sah er sie ihr auch an. »Ich verstehe den Wunsch einer Frau, ihren Mann zu schützen. Aber Sie müssen auch unsere Lage verstehen. Es ist Aufgabe der Polizei, die Bürger zu schützen, und bisher haben wir versagt. Jetzt müssen wir an die Zukunft denken. Der Mann, den wir dieser Morde verdächtigen, ist immer noch auf freiem Fuß. Und wenn wir ihn nicht schnellstens finden, dann müssen wir damit rechnen, daß es noch mehr Tote geben wird. Noch mehr unschuldige Menschen.«

»Aber mein Mann ist doch nicht der einzige«, sagte Karen. »Edmund Cromer wird doch auch noch vermißt.«

»Wer?« Gordon saß plötzlich kerzengerade. »Warum haben Sie den Namen nicht früher genannt?«

»Weil Bruce das alles Doyle erzählen wollte.« Karens Stimme schwankte. »Und dann später, nach allem, was passiert ist, kam ich gar nicht dazu, etwas ...«

»Ich schlage vor, Sie erzählen es mir jetzt.«

»Ja.« Und das tat sie dann auch.

Gordons Blick wich nicht von ihrem Gesicht, und hin und wieder nickte er, während sie ihr Gespräch mit Bruce wiedergab. Sein Ausdruck war undurchdringlich, ganz das neutrale, offizielle Gesicht – aber er wartete, bis sie geendet hatte.

»Ist das alles?« wollte er wissen.

»Ja, zumindest soweit ich mich erinnere.«

»Keine Beschreibung des Mannes?«

»Er hatte vor, Doyle das zu erzählen ...«

»Das hat er *gesagt*«, Gordons Stimme war ausdruckslos.

»Glauben Sie nicht ...«

»Daß Ihr Mann Ihnen all das erzählt hat?« Gordon nickte. »Doch. Die Frage ist – warum?«

»Weil er dazu beitragen wollte, den Mörder zu fassen.«

»Oder weil ihm klar war, daß er damit Doyle aufs Dach locken konnte, um ihn zu erledigen. Danach konnte er dann völlig gefahrlos Sie aufs Korn nehmen.«

»Das hat er aber nicht getan ...«

»Nur, weil unten noch ein zweiter Beamter postiert war. Einer, von dem er nichts wußte. Als er den sah, bekam er Bedenken.«

»Das ändert doch aber nichts an dem, was er über Cromer gesagt hat«, meinte Karen.

»Überlegen wir mal ganz ruhig.« Gordon sprach langsam. »Ihr Mann bringt einen anderen Patienten mit den Morden in Verbindung. Aber irgendwas Handfestes konnte er nicht mitteilen, nichts, was man nachprüfen könnte. Wieso sind Sie sicher, daß er Ihnen die Wahrheit gesagt hat? Wie kann man überhaupt wissen, ob dieser andere Patient wirklich Cromer heißt?«

Karen antwortete nicht. Denn irgendwo in ihr klang das Echo von Bruces Stimme, die für sie antwortete. Sie sah ihn vor sich, dort oben auf dem Dach, mit diesem grimmigen Lächeln, als er gesagt hatte: »Vielleicht gibt es gar keinen Edmund Cromer. Vielleicht habe ich das Ganze erfunden.«

Das Echo verhallte. Der Raum um sie begann zu verschwimmen, und erst die Berührung von Gordons Hand holte sie in die Gegenwart zurück. »Mrs. Raymond ...«

Die Gegenwart. Diese Hand, diese Stimme. Es wurde höchste Zeit, nicht mehr auf Lügen zu hören, höchste Zeit, sich nichts mehr vorzumachen. Karen blinzelte und riß dann die Augen weit auf.

»Besser?« Gordon ließ ihre Hand los.

Karen nickte.

»Eins ist sicher: es gibt einen zweiten Patienten. Wir müssen jetzt den Namen überprüfen und versuchen, ihn zu finden. Aber Sie müssen sich darauf einstellen, daß er möglicherweise völlig unschuldig ist. Und wenn, dann ist er höchstwahrscheinlich gar nicht mehr am Leben.«

Gordons Stimme klang sanft, aber die Logik in seiner Argumentation war nicht zu leugnen. Leugnen war nicht mehr länger möglich.

»Ich habe über das, was Sie vorhin sagten, nachgedacht«, sagte er. »Und da ist etwas, das mir nicht folgerichtig erscheint.«

»Nicht folgerichtig?«

»In diesen Morden steckt Methode, wissen Sie. Selbst wenn man die Person, die für sie verantwortlich ist, als gestört bezeichnen kann, so gibt es doch Beweise für eine hohe Intelligenz hinter all dem. Das sind keine gewöhnlichen Verbrechen aus plötzlichem Impuls oder Leidenschaft. Wir haben es hier mit jemandem zu tun, der gezielt jeden beseitigt, der ihn identifizieren könnte. Und damit sind wir bei Ihnen.«

»Das verstehe ich nicht.«

»Auch wenn Ihr Mann für alles Geschehene verantwortlich ist, warum sollte er Sie als Bedrohung seiner Sicherheit sehen? Sie haben ja bereits ausgesagt, daß er

Insasse der Klinik war. Es ändert nichts an Ihrer Aussage, wenn er Sie jetzt ausschaltet.«

Karen holte tief Luft. Vielleicht gab es eine Gnadenfrist, vielleicht war Leugnen doch noch möglich. »Das habe ich ihnen ja auch gesagt«, meinte sie. »Lieutenant Barringer und den anderen. Er hat keinen Grund, mir etwas anzutun.« Indem sie es jetzt wiederholte, glaubte sie es fast selbst. »Sie haben recht. Das ist nicht folgerichtig.«

»Daß es nicht folgerichtig *erscheint*, sagte ich.« Gordons Stimme war noch immer sanft, aber sie hörte es nur allzu deutlich heraus. »Also muß es einen anderen Grund geben. Wenn er sie ausschaltet, so ändert das nicht Ihre Aussage, aber es wird Sie davon abhalten, sie selbst zu ändern.«

Er schaute ihr direkt in die Augen, und sie sah darin keine Gnadenfrist mehr. »Mrs. Raymond – warum ist Ihr Mann freiwillig in die Klinik gegangen?«

Keine Gnade, kein Leugnen. Zu viele hatten sterben müssen, und wer konnte sagen, wo es enden würde, wenn sie es nicht beendete?

»Wir hatten einen Streit.« Ihre Worte kamen jetzt überstürzt. Es war, als müsse sie etwas Häßliches herauswürgen, etwas, das unbedingt ans Licht mußte. »Ich sagte ihm, er sei nicht mehr derselbe seit seiner Rückkehr aus Vietnam, sagte ihm, er brauche meiner Ansicht nach ärztliche Hilfe.«

»Und wie reagierte er?«

»Er meinte, er wolle darüber nachdenken. Dann wurde er ruhiger. Ob ich mit ihm irgendwohin fahren wolle, fragte er. Das taten wir, und keiner von uns redete mehr darüber. Es war, als hätte uns die Offenheit beide erleichtert, und ich erinnere mich, daß ich dachte, vielleicht mache ich ja aus einer Mücke einen Elefanten, und daß er vielleicht nur nervös und unglücklich sei, weil er keine Arbeit hatte. Wir gingen aus, zu Will Wright's, wie wir es vor unserer Heirat oft getan hatten. Und als wir nach Hause kamen, liebten wir uns.«

Karen senkte den Blick, aber die Worte kamen wie von selbst. »Ich bin dann irgendwann eingeschlafen. Und als ich aufwachte, erstickte ich beinah. Ich bekam keine Luft. Er war wieder über mir, seine Hände um meinen Hals – er drückte zu – und drückte ...

Irgendwie gelang es mir, ihn abzuwehren. Ich schlug ihm ins Gesicht, und er fiel zur Seite. Da öffnete er die Augen. Sie waren die ganze Zeit über geschlossen gewesen, und er sagte mir später, er habe geschlafen und einen seiner Alpträume gehabt. Er habe nicht gewußt, was er tue. Er schien mir wie unter einem Schock.

Am nächsten Tag rief er Doktor Griswold an.«

»Er hat versucht, Sie umzubringen.« Gordons Blick war keine Sekunde von ihrem Gesicht gewichen. »Und Sie sind die einzige, die das weiß?«

»Ja, bis auf Rita.«

»Rita?«

»Seine Schwester. Sie würde nie etwas darüber verlauten lassen ...«

»Wo ist sie jetzt?«

Karen sagte es ihm. »Aber sie hat schon mit der Polizei gesprochen. Sie haben sogar alles bei ihr durchsucht, um sicherzugehen, daß er sich nicht dort draußen versteckt hält.«

»Hat sie momentan einen Schutz?«

»Eine Leibwache oder sowas meinen Sie? Das glaube

ich nicht. Aber selbst wenn Bruce dorthin käme, sie wäre nicht in Gefahr. Sie liebt ihren Bruder und würde ihn niemals verraten.«

»Und kann Bruce da absolut sicher sein?«

Karen zögerte.

Gordon stand auf. »Wir fahren sofort hin«, sagte er. »Ich bringe Sie beide aufs Revier. Man hätte Sie von Anfang an in Schutzhaft nehmen müssen, alle beide. Und das wäre auch geschehen, wenn Sie uns gleich die volle Wahrheit gesagt hätten.«

»Aber ich schwöre, sie ist nicht in Gefahr ...«

»Schwören?« Gordon schüttelte den Kopf. »Alles, was Sie jetzt tun können, ist beten. Und auch dazu ist es vielleicht schon zu spät.«

24

In dieser Nacht fegten die Scheinwerfer über den Himmel.

Ihr Licht überflutete die Konzerthalle, wo die *Beautiful People* aufgeputzt vor den Kameras herumstolzierten, damit ihre Anwesenheit bei einer weiteren Wohltätigkeitsgala dokumentiert würde. Andere, weniger schön und gar nicht so wohlhabend, sahen den Lichtschein von Krankenhausfenstern aus, hinter denen sie im Sterben lagen oder gebärten oder was immer man an Orten macht, die nie in den Klatschspalten erwähnt werden.

Lichtschwerter fuhren gen Himmel von der spektakulären Eröffnung eines Supermarkts, Licht tanzte von den Leuchtfeuern in den fernen Hügeln herab, hing an den Polizeihubschraubern, die kreuz und quer über der Stadt herumbrummten.

Aber es gab auch dunkle Orte. Friedhöfe, wo die Toten ruhten, und Seitenstraßen, wo die Lebenden keine Ruhe fanden, weil sie Zeitung gelesen, Nachrichten gehört, ihrer Fantasie freien Lauf gelassen hatten, während sie sich hinter verriegelten Türen verkrochen.

Schloß und Riegel waren kein Schutz vor der Invasion der Angst. Die paar Privilegierten waren vielleicht in der Lage, so zu tun, als sei nichts geschehen. Aber für die vielen anderen gab es nur Schatten, in denen unheimliche Gestalten herumhuschten.

Der Flugplatz war weder hell noch dunkel. Von Westen kroch ein grauer Dunst heran, der die Leitlichter verschwimmen ließ und die Schatten mit Silber umhüllte.

Karen fühlte sich an den Nebel erinnert, durch den sie an jenem anderen Abend gefahren war. Das war vor achtundvierzig Stunden gewesen, doch ihr erschien es ein Menschenleben her. Und für manche traf das genau zu. Ein Leben, für immer dahin, verschwunden in grauem Vergessen.

Aber es gab auch Licht hier. Das eine zum Beispiel, das aus dem Bürofenster von *Raymond's Charter Service* fiel. Und es gab Schatten, zum Beispiel auf der fensterlosen Seite des Holzbaus, wo Frank Gordon anhielt und seinen Wagen parkte.

Karen war schon dabei, die Tür auf ihrer Seite zu öffnen, als Gordons Hand sie mit einer raschen Bewegung zurückhielt.

»Warten Sie.«

Er schaute angestrengt durch die Windschutzscheibe und suchte sorgfältig die Landebahn, das Flugfeld, die dunkle Ansammlung von Schuppen am Rand des Feldes und hinter dem Büro ab. Nichts bewegte sich im Dunst.

»Jetzt.«

Karen glitt von ihrem Sitz und ging um den Wagen herum, Gordon entgegen. Er hatte den Dienstrevolver schußbereit.

»Bleiben Sie hinter mir«, sagte er. »Seitlich.«

Eng an die Wand gepreßt näherte er sich dem Büro. Das Fenster und der Lichtschein waren auf der anderen Seite der Tür, und so schlichen sie im tiefen Schatten heran – in Schatten und feuchtem Dunst.

Die Tür stand einen Spaltbreit offen. Als Gordon sie erreicht hatte, bedeutete er Karen, stehenzubleiben.

»Stop«, flüsterte er, und hob den Revolver.

Er stieß die Tür mit dem Fuß auf.

Und dann stand er da. Stand einen Augenblick oder eine Ewigkeit. Für Karen war die Zeit stehengeblieben, alles stand still, bis er sich zu ihr umwandte und etwas sagte.

»Nichts. Keiner da.«

Sie ging zu ihm hin, trat mit ihm in das hell erleuchtete Büro. Der Ventilator summte, ließ die Karten an der Wand flattern.

Gordon warf einen Blick auf den Schreibtisch. Neben dem Telefon lag Ritas Handtasche. In dem großen Aschenbecher verglühte eine flüchtig ausgedrückte Zigarette. Karen sah es und nickte.

»Sie muß eben rausgegangen sein.«

Gordon runzelte die Stirn. »Warum sind Sie so sicher? Ich habe kein Auto gesehen, als wir ankamen.«

»Rita fährt einen vw. Normalerweise steht er in dem Hangar.«

»In dem dort hinten?«

»Ja – da hinten rechts.«

Er nickte und wandte sich zum Gehen. Karen folgte ihm hinaus. Rechts stand ein festgezurrtes Flugzeug, eine einmotorige Cesna. Gordon blieb im Schatten der Maschine stehen und starrte auf die dunkle Öffnung des Hangars dahinter. Irgendwo im Innern flackerte ein schwaches Licht.

Karen wollte weitergehen, aber Frank Gordon schüttelte den Kopf.

»Noch nicht.«

Im Halbdunkel des Schuppens konnte Karen die Umrisse des vw ausmachen. Dahinter ein Flugzeug und dahinter das Licht. Es kam offenbar aus einer tragbaren Lampe, die auf dem Boden neben einem Werkzeugregal stand. Und jetzt glitt Ritas Silhouette darüber hin.

»Ist sie das?« Gordons Stimme war zu einem Flüstern geworden.

»Ja, Gott sei Dank. Und sie ist allein.«

»Gut. Ich möchte, daß Sie jetzt folgendes tun: gehen Sie hin und reden Sie mit ihr.«

»Sie kommen nicht mit?«

Gordon schwenkte seinen Revolver. »Keine Sorge – falls Sie mich brauchen, ich bin bereit. Aber rein intuitiv glaube ich, daß Sie besser mit ihr zurechtkommen, wenn sie mich nicht gleich sieht. Erzählen Sie ihr, was geschehen ist – von Bruce, von Tom Doyle. Ich denke, sie wird bereit sein, auszupacken. Vielleicht hat Bruce Kontakt mit ihr aufgenommen, vielleicht weiß sie, wo er ist.«

»Was mache ich, wenn sie nichts sagen will?«

»Dann übernehme ich. Aber einen Versuch ist es allemal wert.« Gordon legte ihr die Hand auf den Arm. »Denken Sie daran, sie ist in Gefahr, ob sie es weiß oder nicht. Davon müssen Sie sie überzeugen.«

»Ich werde es versuchen.«

Karen ging durch den Nebel, ging weiter ins Dunkel des Hangars.

Jetzt gab es kein Zurück mehr.

Kein Zurück, als sie an dem Flugzeug vorbeiging, kein Zurück, als sie im unruhig flackernden Licht der Laterne stand, kein Zurück, als Rita aufsah und sie erkannte.

»Was machst du denn hier?«

Ihre Stimme klang schrill vor Überraschung, und noch etwas anderes, etwas mehr als nur Überraschung, lag in ihrem umschatteten Gesicht.

»Ich muß mit dir reden. Jetzt.«

Rita hatte einen schweren Schraubenschlüssel in der Hand. Sie legte ihn nicht weg, stattdessen schlossen sich ihre Finger fest um den Griff.

»Da hast du dir ja genau die richtige Zeit ausgesucht. Siehst du nicht, daß ich zu tun habe?«

»Ich habe mir die Zeit nicht ausgesucht. Bitte, Rita, hör mir zu ...«

»Ich höre.«

Sie hörte zu, während Karen ihr von Bruces Anruf, dem Treffen auf dem Dach und allem, was danach geschehen war, erzählte. Von Zeit zu Zeit hielt Karen inne, aber sie hörte nicht auf, bis sie zu dem Moment kam, als sie von oben aus dem Fenster auf den leblosen Körper tief unter ihr geblickt hatte.

Rita bewegte sich nicht, ihr Gesicht lag immer noch im Schatten, und sie sagte keinen Ton.

»Ich erreiche sie gar nicht«, sagte Karen sich. »Ich habe keine Möglichkeit, an sie ranzukommen – nur Worte.«

Sie fand die Worte.

»Du hast nicht gesehen, was ich gesehen habe, Rita.

Tom Doyle, wie er dort auf der Straße lag, sein Kopf aufgeplatzt wie eine faule Melone. Griswold tot, in diesem Zimmer, das vom Geruch seines verbrannten Fleisches erfüllt war. Die Nachtschwester ...«

»Was willst du von mir?«

»Die Wahrheit.« Karen merkte, wie ihre Nägel sich in die Handflächen bohrten, tief ins Fleisch schnitten. »Das hat mit Liebe oder Loyalität nichts mehr zu tun – kann es nicht, jetzt nicht mehr. Wir müssen dafür sorgen, daß es aufhört. Wenn du irgendwas verschwiegen hast, wenn du weißt, wo Bruce sich versteckt ...«

»Sie wußte es nicht.«

Das war Bruces Stimme.

Und es war Bruce, der jetzt aus dem Schatten auf der anderen Seite des Flugzeugs trat.

Karen starrte ihn an, während er langsam auf sie zukam. Er nickte.

»Ja, ich bin neulich nachts hierhergekommen«, sagte er. »Aber Rita hat nichts davon gewußt. Ich wollte sie nicht mit hineinziehen, ebensowenig wie dich. Aber ich brauchte ein sicheres Versteck, und mir fiel kein anderes ein. Als die Polizei kam, um sie zu verhören, verkroch ich mich in einer der Maschinen draußen auf dem Flugfeld, und sie fanden mich nicht. Nachdem sie weg waren, ging ich auch. Erst heute abend, als ich zurückkam, habe ich Rita gesagt, daß ich hier war und habe ihr alles erzählt.«

»Dann weiß sie alles – du hast gestanden ...«

»Es gibt nichts zu gestehen.«

»Aber ich habe dich doch auf dem Dach gesehen! Ich habe Doyle zu dir raufgeschickt!«

»Wir haben uns nicht getroffen.« Bruce sprach mit kaum hörbarer Stimme. »Nachdem du fort warst, um ihn zu holen, verlor ich die Nerven. Ich konnte ihm nicht gegenübertreten – ich hatte Angst –, also lief ich weg. Karen, glaub mir, ich schwöre zu Gott, ich war aus dem Haus, bevor er oben ankam!«

»Wer hat ihn dann umgebracht?«

»Cromer.«

Das war keine Feststellung, es war ein erschrecktes Murmeln des Wiedererkennens, als Bruce an Karen vorbeistarrte – den Mann anstarrte, der jetzt herankam, den Revolver im Anschlag.

Karen sah ihn auch, und dann drehte sie sich zu Bruce um und es gab kein Halten mehr. »Du bist wirklich wahnsinnig!« keuchte sie. »Das ist Sergeant Gordon – er ist Polizist ...«

Der Mann lächelte. »Niemand ist wahnsinnig«, sagte er sanft. »Nicht Ihr Mann, und ganz sicher nicht ich.« Das Lächeln war so starr und unbeweglich wie die Waffe in seiner Hand.

»Ich habe heute vor dem Bürogebäude gewartet, in der Hoffnung, Ihr Mann würde versuchen, Sie zu erreichen. Als er aufs Dach stieg, folgte ich ihm. Es schien mir eine ideale Gelegenheit, mich der einzigen Person zu entledigen, die mich noch hätte identifizieren können. Die anderen hatte ich alle gefunden, und nun – durch die schlichte Anwendung von Logik – hatte ich Bruce gefunden.«

Er nickte, und sein Blick ruhte auf Karen. »Logik, habe ich gesagt. Klare, kühle Logik. Aber Ihr Erscheinen verhinderte die Ausführung meines Vorhabens. Ich versteckte mich hinter dem Oberlicht und hörte zu. Als Bruce meinen Namen erwähnte, wurde mir klar, daß ich meinen Plan ändern mußte. Denn nun gab es zwei Menschen, die wußten, wie ich heiße. Mit beiden gleichzeitig konnte ich es nicht aufnehmen, nicht ohne Waffe.«

»Also haben Sie Karen gehen lassen und, nachdem ich weg war, auf Doyle gewartet«, folgerte Bruce.

»Genau. Ich war hinter ihm, als er aus der Tür trat, und er wußte nicht, wie ihm geschah.«

Karen erschauerte. »Und Frank Gordon?«

»Ihn erwartete ich in einer Abstellkammer vor Ihrem Büro. Zwischen dem ganzen Zeug fand ich einen schweren, metallenen Türstopper. Der ist jetzt nicht mehr dort. Aber Frank Gordon ist noch da, falls man ihn nicht schon entdeckt hat. Seinen Revolver, seinen Ausweis und seine Dienstmarke konnte ich gut gebrauchen. Den Wagen hatte ich mir natürlich schon vorher besorgt.«

»Ich war allein, als Sie kamen«, sagte Karen. »Sie hatten den Revolver.«

»Alles Logik.« Der Mann lächelte wieder. »Es wäre gefährlich gewesen, irgendetwas zu tun, während das Gebäude von Polizeibeamten nur so wimmelte. Das Wichtigste war erstmal, Sie raus zu kriegen. Und ich hoffte natürlich, daß Sie mich noch einmal zu Bruce führen könnten. Als Sie mir beim Essen alles erzählten, merkte ich, daß auch Rita ein Problem darstellte. Aber lassen wir dies dumme Herumgerede. Meine Überlegungen waren absolut richtig. Ich habe Sie allesamt hier.« Das Lächeln war noch da, aber der Finger schloß sich enger um den Abzug.

»Cromer, hören Sie zu.« Bruce stellte sich dem Lächeln, stellte sich der Revolvermündung. »Ich habe Rita alles erzählt, bevor Sie kamen. Sie hat mir geraten, die Polizei zu verständigen – und das habe ich auch getan –

von ihrem Büro aus. Sie werden jeden Moment hier sein ...«

Cromers Stimme war so eisig wie sein Lächeln. »Bitte beleidigen Sie meine Intelligenz nicht. Das ist doch der älteste Trick der Welt ...«

Und dann gefror ihm das kalte Lächeln. Denn in der Ferne hörte er die Martinshörner. Sie hörten sie alle, aber Rita war es, die reagierte.

Ihre Hand mit dem Schraubenschlüssel fuhr hoch, und dann schleuderte sie ihn auf Cromers Kopf zu.

Er warf sich zur Seite, das schwere Gerät sauste an ihm vorbei auf den Boden. Er hob die Waffe und feuerte.

Dem ohrenbetäubenden Echo folgte Ritas Aufschrei. Sie fiel nach hinten und hielt sich den Arm. Durch den beißenden Qualm sah Karen Blut zwischen Ritas Fingern hervorquellen, sah gleichzeitig Bruce mit einem Satz auf Cromer zustürzen und mit ihm ringen.

Cromer hielt die Waffe fest und versuchte, sie auf Bruces Brust zu richten. Aber Bruce schlug ihn hart aufs Handgelenk, und Cromer ließ den Revolver fallen.

Einen Augenblick lang teilte sich der Dunst, und Karen konnte Cromer klar erkennen. Das Lächeln war verschwunden, alles Menschliche schien von ihm abgefallen, es blieb nur ein in bestialischer Wut verzerrtes Gesicht mit funkelnden Augen und bleckenden Zähnen – das nackte Gesicht der Gewalt.

Dann warf ein Faustschlag von Cromer Bruce zurück. Er rappelte sich hoch und rannte aus dem Hangar in die neblige Nacht hinaus.

Von der Straße schrillten die Sirenen, und Cromer schwenkte seitwärts. Durch das offene Ende des Hangars sah Karen ihn quer übers Flugfeld rennen.

Vom Himmel senkte sich ein Schatten herab, explodierte plötzlich in einem blendenden Lichtkreisel. Karen schrie auf, aber ihre Stimme ging in dem Gedröhn des Hubschraubers unter, dessen surrende Rotoren auf die fliehende Gestalt herabwirbelten. Als der Pilot Cromer durch die Nebelschwaden erkennen konnte, war es zu spät, um auszuweichen.

Der Helikopter setzte auf, überschlug sich fast, als die Rotorblätter den Mann erfaßten. Cromer fiel und blieb bewegungslos liegen.

Nur sein Kopf rollte weit über die Landebahn.

25

Zwei Krankenwagen kamen – einer für Rita und einer für das, was von Cromer übriggeblieben war.

Lieutenant Barringer erschien und übernahm das Kommando.

Bruce machte seine Aussage und Karen machte ihre. Sogar Rita war in der Lage, eine vorläufige Aussage zu Protokoll zu geben, noch während der Polizeiarzt ihr einen Druckverband anlegte.

Dann wurde es Zeit, zum Revier zu fahren, Zeit die Tonbänder abzuhören und die Abschriften zu unterschreiben.

Eine Weile sah es so aus, als würde es alles nie enden, aber schließlich war es doch soweit.

»Frei«, sagte sich Karen. »Endlich frei.«

Und sie und Bruce gingen zusammen hinaus.

In die Nachtwelt ...

Klassische Polit-Thriller im Diogenes Verlag

● **Eric Ambler**
Der Fall Deltschev
Roman. Aus dem Englischen von Mary Brand und Walter Hertenstein. detebe 20178

Der Levantiner
Roman. Deutsch von Tom Knoth
detebe 20223

Anlaß zur Unruhe
Roman. Deutsch von Franz Cavigelli
detebe 20604

Mit der Zeit
Roman. Deutsch von Hans Hermann
detebe 21054

● **John Buchan**
Die neununddreißig Stufen
Roman. Aus dem Englischen von Marta Hackel. Mit Zeichnungen von Edward Gorey. detebe 20210

Grünmantel
Roman. Deutsch von Marta Hackel
Mit Zeichnungen von Roland Topor
detebe 20771

Mr. Standfast oder im Westen was Neues
Roman. Deutsch von Marta Hackel
Mit Zeichnungen von Roland Topor
detebe 20772

Die drei Geiseln
Roman. Deutsch von Marta Hackel
Mit Zeichnungen von Tatjana Hauptmann
detebe 20773

● **Erskine Childers**
Das Rätsel der Sandbank
Ein Bericht des Geheimdienstes. Roman
Aus dem Englischen von Hubert Deymann
Diogenes Evergreens. Auch als detebe 20211

● **Joseph Conrad**
Der Geheimagent
Roman. Aus dem Englischen von G. Danehl
detebe 20212

● **A.E.W. Mason**
Die vier Federn
Roman. Aus dem Englischen von Thomas Schlück. detebe 21167

● **Somerset Maugham**
Ashenden oder Der britische Geheimagent
Geschichten. detebe 20337

● **Georges Simenon**
Der Schnee war schmutzig
Roman. Aus dem Französischen von Willi A. Koch. detebe 20372

Der Präsident
Roman. Deutsch von Renate Nickel
detebe 20675

● **Spionagegeschichten**
-fälle und -affären von Goethe bis Ambler. Herausgegeben von Graham Greene, Hugh Greene und Martin Beheim-Schwarzbach. Mit Zeichnungen von Paul Flora. Diogenes Evergreens. Auch als detebe 20699

● **Mehr Spionagegeschichten**
Von John Buchan bis Ian Fleming. Herausgegeben von Eric Ambler. Deutsch von Peter de Mendelssohn. Diogenes Evergreens

Margaret Millar im Diogenes Verlag

Nymphen gehören ins Meer
Roman. Aus dem Amerikanischen von Otto Bayer
Leinen

Liebe Mutter, es geht mir gut . . .
Roman. Deutsch von Elizabeth Gilbert
detebe 20226

Die Feindin
Roman. Deutsch von Elizabeth Gilbert
detebe 20276

Fragt morgen nach mir
Roman. Deutsch von Anne Uhde
detebe 20542

Ein Fremder liegt in meinem Grab
Roman. Deutsch von Elizabeth Gilbert
detebe 20646

Die Süßholzraspler
Roman. Deutsch von Georg Kahn-Ackermann
und Susanne Feigl
detebe 20926

Von hier an wird's gefährlich
Roman. Deutsch von Fritz Güttinger
detebe 20927

Der Mord von Miranda
Roman. Deutsch von Hans Hermann
detebe 21028

Das eiserne Tor
Roman. Deutsch von Karin Reese und Michel Bodmer
detebe 21063

Fast wie ein Engel
Roman. Deutsch von Luise Däbritz
detebe 21190

Die lauschenden Wände
Roman. Deutsch von Karin Polz
detebe 21421